NOTRE-DRAME DE PARIS

Airy Routier
Nadia Le Brun

NOTRE-DRAME DE PARIS

Albin Michel

Réagissez sur : #NotreDramedeParis

PROLOGUE

Plus reine que la Reine

En visite à Paris, la reine d'Angleterre est venue, ce samedi 7 juin 2014, dévoiler une plaque qui rebaptise à son nom le marché aux fleurs, dans l'île de la Cité, à deux pas de l'ancienne prison de la Conciergerie où fut emprisonnée la reine Marie-Antoinette, avant d'avoir la tête tranchée. Malgré le poids de l'Histoire et la fine pluie matinale, l'ambiance est au beau fixe. Elizabeth II est descendue de sa Bentley, en provenance de l'Hôtel de Ville, de l'autre côté de la Seine, sous les cris enjoués d'une petite foule de supporters au phrasé clair et puissant qui criaient « Vive la reine ! ». Peut-être des intermittents du spectacle, invités par la mairie de Paris ?

Les badauds ont assisté, ce matin-là, à une scène inouïe. Ils ont vu Elizabeth Windsor, quatre-vingt-huit ans, reine depuis soixante-deux ans, tenir elle-même, sans chichi, son parapluie transparent, tandis qu'Anne Hidalgo, cinquante-quatre ans, élue maire de Paris depuis deux mois et deux jours, se faisait porter le sien par un huissier. Elle semblait ravie de se promener ainsi sous la bruine, tête nue et bras ballants, aux côtés de la souveraine d'une des plus anciennes monarchies du monde, souriante et drôlement chapeautée, comme à son habitude. Portant couronne et roulant carrosse lorsque les circonstances l'exigent, Elizabeth II sait aussi afficher sa simplicité, cacher les ors et les valets, loin de tous les apparats. C'est la marque d'une vraie distinction, qui fait ressortir la naïve prétention de la nouvelle maire socialiste dont les opposants ont vite compris, ce jour-là, qu'elle allait perdre tout contact avec la réalité.

Cette scène est en effet apparue hautement symbolique du goût d'Ana Hidalgo, née à Cadix, en Andalousie, pour les pompes, les honneurs et les voyages, mais surtout pour la fréquentation des grands de ce monde que lui permet sa position d'élue de Paris, une des plus grandes et des plus belles capitales de la planète. Mais nul n'imaginait alors qu'elle allait, à ce point, mettre en péril ses finances, y développer, à marche forcée, le logement social, la laisser se dégrader, l'ouvrir à une poignée de promoteurs et, surtout, qu'elle allait rendre délibérément la vie impossible à ses habitants comme à ceux de la région Île-de-France, soit une dizaine de millions de personnes, par sectarisme, par cynisme et par appétit de pouvoir. Au nom d'une écologie punitive assumée qui en dit long sur la vraie nature de son caractère.

Deux femmes sont particulièrement horrifiées. Présidente de la région Île-de-France, Valérie Pécresse ne décolère pas d'avoir appris la fermeture définitive des voies sur berge… en ouvrant *Le Journal du dimanche*. Ségolène Royal non plus : « On n'est pas là pour embêter les gens », avait dit l'ancienne ministre de l'Écologie, à propos de la politique conduite par la maire de Paris, faisant un lointain écho au célèbre mot de Georges Pompidou, lancé à des technocrates idéologues, adeptes de la réglementation à tout crin : « Arrêtez d'emmerder les Français. »

Sans indulgence, mais aussi sans procès d'intention, ce livre raconte les coulisses d'une sorte de coup de force rampant : comment, en trois ans, une militante politique dont l'originalité est de n'avoir jamais pu se faire élire au suffrage direct, a bouleversé la vie des habitants d'Île-de-France, pourquoi elle l'a fait et jusqu'où elle veut aller pour « embêter les gens ». Comment, focalisée sur la communication, d'ailleurs fort habile il faut le dire, elle s'intéresse surtout à la promotion de sa personne. Et comment elle se voit, au-delà de Paris, Reine du monde !

De sa voix douce et monocorde, en bonne gauchiste d'apparence (car elle vénère en réalité les plus puissants des grands patrons), Anne Hidalgo nous accusera sans doute d'être climatosceptiques, de droite, et, forcément, misogynes, comme elle le dit de Jérôme Commandeur, de Nicolas Canteloup, de Stéphane Guillon et d'autres humoristes qui ne perdent jamais une occasion de la moquer. Car toute prise de distance vis-à-vis d'elle ne peut venir, dans son esprit manichéen, que d'esprits pervers et malintentionnés. Tout est complot contre sa personne. Qui ne pense pas comme elle a tort. Maniant facilement le mépris et adepte de la mauvaise foi, qui n'est pas dans son clan est son ennemi.

Nous avons simplement cherché à comprendre comment cette apparatchik socialiste, ancienne inspectrice du travail experte en cumul, a pu en arriver à diriger, en despote souriante, la plus belle ville du monde ; à constater ce qu'elle en a fait ; à décrypter ses hautes ambitions qui la font rêver… de l'Élysée. Et à anticiper comment, Jeux olympiques ou pas, Emmanuel Macron, ce président qu'elle n'a cessé de provoquer, va lui mener la vie dure, comme il a détruit le PS. Il reste une question qui est dans tous les esprits : qui lui dira qu'elle a dépassé depuis longtemps son seuil d'incompétence ?

Maintenant, il est temps de commencer cet hallucinant voyage…

1

Grand bordel à Paris

À leur retour de vacances, début septembre 2016, les automobilistes franciliens ont cru devenir fous. Au fil des années, ils s'étaient plus ou moins résignés, au mois d'août, à prendre des chemins de traverse pour laisser toute sa place à Paris-Plage avec son sable importé à grands frais, sur lequel la municipalité organisait quelques petites festivités. Dans le creux des actualités estivales, des reportages télévisés complaisants interviewaient des enfants munis de seaux et de pelles, des mères rafraîchies par des brumisateurs, sans souligner à quel point pouvait être incongrue l'idée de créer une plage face à une rivière polluée où la baignade est interdite et où nul n'a jamais songé à faire trempette, hormis Jacques Chirac qui avait fait cette promesse, un jour d'égarement !

Les automobilistes s'étaient aussi résolus, pendant les dimanches du reste de l'année, à éviter les 3,3 km de voie sur berge de la rive droite, réservée aux piétons, aux cyclistes et aux patins à roulettes, y compris dans le tunnel de 1,8 km qui passe sous les Tuileries et n'est guère praticable autrement qu'en voiture. Plus question, le dimanche, pour les habitants de l'Ouest parisien, banlieue comprise, d'accueillir des proches chargés de bagages, arrivant gare de Lyon ou d'Austerlitz, tellement elles sont devenues difficiles d'accès.

Et soudain, le 5 septembre 2016, le sable de Paris-Plage a été retiré, pour être remplacé... par des plots de béton, des barrières et de nombreux panneaux d'interdiction. Inaugurée en 1967 par Georges Pompidou, qui l'avait décidée « pour faciliter la circulation automobile, libérer les quais et permettre aux Parisiens de mieux profiter de leur ville », la voie sur berge rive droite était fermée à la circulation, sur la décision brutale de la douce Anne Hidalgo, maire (PS) de Paris, évidemment entérinée par le conseil municipal avec sa majorité plurielle, composée de socialistes, de communistes et d'écologistes. Un conseil où elle ne manque jamais de rappeler combien les Parisiens l'adorent. « Quoi qu'on dise, ce n'est jamais assez élogieux, affirme un de ses adjoints : la maire allume le feu lorsqu'elle se sent insuffisamment admirée. »

D'un coup, Paris s'est trouvé bloqué. Les 45 000 voitures et camionnettes qui transitent chaque jour par cette artère essentielle ont dû se reporter sur d'autres itinéraires, en particulier le boulevard Saint-Germain, jusque-là fluide, aussitôt saturé. Des rues adjacentes sont devenues impraticables. Les temps de trajet se sont allongés, dans Paris intra-muros, de dix, quinze ou vingt minutes. Déjà encombré, le boulevard périphérique s'est retrouvé saturé plusieurs heures par jour.

Pris dans la souricière, pour tenter d'en sortir les Franciliens se sont précipités sur leurs systèmes d'aide à la navigation, comme Waze, Google Maps, TomTom et autres. D'où des files de voitures empruntant les mêmes petites rues improbables, à Paris et en banlieue, pour arriver à destination, après des détours considérables. Avec ce que cela implique de consommation de carburant, d'énervement et, pour les riverains, de bruit et de pollution supplémentaires. Fureur générale, y compris celle des conducteurs de bus de la RATP, eux aussi englués dans le trafic, dans l'incapacité de respecter leurs horaires et souvent obligés de débarquer, à leur demande, leurs passagers pressés de finir à pied…

La rage des automobilistes franciliens va être décuplée quand ils vont découvrir qu'à l'initiative de la maire les services de voirie ont, délibérément, créé d'autres servitudes : des bouchons artificiels ! Pour masquer autant que possible l'impact de la fermeture de la voie Georges-Pompidou, la circulation a été réduite à une seule voie sur les quais, en amont, avant les carrefours du pont de l'Alma ou dans le souterrain de la place de la Concorde. Ce qui crée une situation ubuesque : on ronge son frein à l'arrêt ou à la queue leu leu, à côté d'une voie vide, neutralisée dans le seul but de ne pas concentrer les embouteillages sur les quais hauts de la Seine, ce qui signerait le crime. Mise en scène, la communication est plus que jamais une priorité à la mairie de Paris.

Face à la bronca, curieusement traitée du bout des lèvres par certains médias complaisants à son égard, comme *Le Monde*, *L'Obs* ou *Mediapart*, « Cruella » n'aura de cesse de minimiser les conséquences de sa décision, au cours des semaines suivantes. Sans donner de chiffres, elle affirme que le report de circulation des berges de la Seine vers d'autres voies est moins important que prévu. « Il y a déjà eu, en trois semaines […], une adaptation des automobilistes, déclare la maire sur RTL : nous le mesurons mois par mois. Il y a déjà ce qu'on appelle une évaporation de la circulation, de l'ordre de 10 %. » En réalité, la mairie de Paris n'a rien mesuré du tout. Les capteurs pour évaluer les variations de trafic et de pollution n'ont même pas été installés !

Quant au mot d'évaporation, il est lourd de sens puisqu'il signifie que, rompant avec des siècles pendant lesquels la notion de progrès et de liberté a toujours été associée avec celle de mobilité, l'élue se félicite d'avoir obligé certains habitants de la région parisienne à limiter leurs déplacements. Vouloir traverser Paris en voiture, dans un tunnel conçu à cet effet, serait-il devenu un délit ? La modernité serait-elle de rester chacun chez soi ? C'est un retournement majeur, dont il faut prendre la mesure. Il y a dans ce mot et la façon dont elle le prononce, de sa voix sucrée, une manière de désinvolture et de mépris qui va choquer beaucoup de Parisiens.

Bientôt, un premier rapport[1] sur les effets de la fermeture de la voie Georges-Pompidou donnera corps au sentiment général des automobilistes d'avoir été cyniquement piégés. Un comité d'experts indépendants est en effet chargé par Valérie Pécresse, présidente de la région Île-de-France, de suivre l'évolution du trafic depuis septembre 2016 et d'en publier chaque mois les résultats. Cet observatoire est présidé par Pierre Carli, médecin-chef du Samu de Paris, de grande réputation, avec de nombreux organismes dont l'Institut d'aménagement et d'urbanisme (IAU) d'Île-de-France. Il va mesurer l'évolution du

1. Comité régional de suivi et d'évaluation des impacts de la piétonisation des voies sur berge, 10 octobre 2016.

trafic mais aussi les conséquences de la fermeture de la voie sur berge, en termes de pollution de l'air et de bruit.

En comparant les mois de septembre 2016 et 2015, les experts ont déjà constaté que le soir, aux heures de pointe, les temps de parcours ont augmenté de 16 % du côté de Vélizy (Yvelines) sur la rocade de l'A86 et de 22 % sur le même axe, entre Thiais et Créteil (Val-de-Marne). Dans ce secteur, la situation est d'ailleurs plus critique le matin, avec une aggravation de 28 %. Déjà saturé aux heures de pointe, le périphérique accuse des embouteillages plus lourds, surtout à l'ouest de Paris. Sur certains tronçons, le temps de parcours augmente, le matin, de 25 % !

Dans Paris, la congestion n'est donc pas une vue de l'esprit d'opposants machos et mal lunés. Le trafic a parfois progressé de 51 % sur une partie des quais hauts, face aux restaurants, aux oiselleries, aux chenils et autres boutiques où l'on vend toutes sortes d'animaux. Sur le boulevard Saint-Germain, il a fait un bond de 21 %, allongeant les trajets de sept minutes. D'autres rues, plus éloignées, comme la rue de la Convention, dans le 15ᵉ arrondissement, sont même affectées : on y relève un trafic augmenté d'un quart.

Dans les soixante et une pages de son premier rapport d'étape, l'observatoire relève globalement une dégradation bien plus forte que ne le laisse croire le discours lénifiant de Mme Hidalgo. Au-delà des chiffres, ce rapport prouve que la fermeture de la voie Georges-Pompidou, devant le musée du Louvre, a eu des conséquences terribles sur la circulation, non seulement à Paris mais aussi en banlieue et en grande banlieue. Ce qui alimente les reproches que Valérie Pécresse adresse à sa rivale, dont elle dénonce la « brutalité » et l'« absence de concertation avec les élus de la Région ».

Pourquoi organiser la congestion de Paris ? « C'est un projet qu'on porte depuis quinze ans, a dit la maire. Je ne sais pas si, au bout de quinze ans, on peut considérer que la démarche est brutale. » Notre-Dame de la défausse fait mine de simplement poursuivre la politique qu'avait engagée Bertrand Delanoë, à qui on doit notamment les couloirs de bus, la circulation restreinte sur plusieurs avenues parisiennes, ainsi que la fermeture annoncée de la voie sur berge rive gauche. Les critiques, à l'époque, avaient été nombreuses. « Delanoë prononce de beaux discours sur le Grand Paris mais met les banlieusards à la porte, écrivait alors un chroniqueur du *Figaro*. Ne lui dites pas qu'il y a à Paris des gens qui travaillent. Il croit que la Ville Lumière est uniquement un site somptueux, pour touristes et flâneurs. Ne lui dites pas qu'il y a, à Paris, des familles avec enfants en bas âge, que les poussettes ne sont pas vraiment pratiques dans le métro, il croit que les mères déposent leurs bébés sur les porte-bagages de leurs vélos. Ne dites pas à Delanoë que les voitures chassées des quais remonteront au-dessus et provoqueront des embouteillages très polluants. »

Problème, Bertrand Delanoë réfute l'idée selon laquelle la fermeture des voies sur berge rive droite est le simple prolongement de ce qu'il avait décidé pour la rive gauche : « Quand je l'ai fermée, j'avais fait beaucoup d'études préalables et on savait que les reports de circulation seraient gérables, d'autant que j'avais créé une voie de circulation supplémentaire sur les quais hauts, nous précise l'ancien maire de Paris. Je savais qu'il y aurait engorgement au niveau du pont de la Concorde, c'est ce qui s'est produit, mais il s'est progressivement résorbé. » De fait, la voie routière, rive gauche, limitée à 2,5 km, entre le musée d'Orsay et le pont de l'Alma, passait sur un large bas-port, tandis que les quais hauts sont situés dans une zone résidentielle, sans le moindre commerce à l'horizon.

Rive droite ? Bien que soulignant lourdement la nécessité de regarder tous les aspects techniques, Bertrand Delanoë prend subtilement ses distances avec son ancienne adjointe : « Il est vrai que j'avais entamé quelques actions sur la rive droite, en installant des feux, ce qui avait d'ailleurs fluidifié la circulation, mais je n'ai jamais pris la décision de supprimer la circulation sur les quais bas. L'aurais-je prise si j'avais fait un troisième mandat ? Je n'en sais rien. » À la question directe de savoir s'il aurait fermé la voie express sans consulter les maires de banlieue, Bertrand Delanoë botte en touche : « Je ne veux pas faire le donneur de leçons et ne peux donc pas vous répondre ; depuis avril 2014, je ne veux plus avoir d'avis, sauf sur les grandes orientations, que je soutiens. »

Que dire, alors que les conséquences de la fermeture de la voie sur berge rive droite sont sans commune mesure avec celles de la rive gauche ? Car cette voie était le poumon de Paris. Premier ministre puis président de la République, Georges Pompidou, qui conduisait cigarette au bec, est aujourd'hui caricaturé comme un dingue de la bagnole, coupable d'avoir voulu « adapter Paris à la voiture ». La citation exacte est plus nuancée : « Il y a un certain esthétisme auquel il faut renoncer et ce n'est pas parce qu'on empêcherait les voitures de circuler qu'on rendrait Paris plus beau. La voiture existe, il faut s'en accommoder et il s'agit d'adapter Paris à la fois à la vie des Parisiens et aux nécessités de l'automobile, à condition que les automobilistes veuillent bien se discipliner. » Cette phrase est prononcée en 1971, l'année même où Pompidou, tout en étant amoureux des voitures (il possédait une Porsche), invente un nouveau ministère : celui de l'Environnement...

À l'époque, le schéma directeur d'aménagement de la région parisienne prévoyait la construction d'autoroutes urbaines d'est en ouest et du nord au sud de Paris, en passant sous la Seine, devant Notre-Dame et en recouvrant le canal Saint-Martin ! Pompidou puis Giscard mettront un terme à ces projets technocratiques, s'en tenant au périphérique (achevé en 1973) et à la voie sur berge rive droite, pour eux essentiels : désengorger la capitale, éviter les encombrements et libérer les quais hauts, pour rendre Paris aux Parisiens. Donc pour des raisons écologiques – même si le mot n'existait pas encore.

Différence politique majeure entre Bertrand Delanoë et Anne Hidalgo : l'ancien maire s'était montré malin en mettant en avant Denis Baupin, son adjoint aux transports, surnommé le « Khmer Vert ». Sectaire, péremptoire, entreprenant avec ses collaboratrices et toujours prêt à faire la leçon aux autres, Denis Baupin se mettait volontiers lui-même en première ligne, en tant que militant écolo et cadre d'EELV, pour fustiger les automobilistes. L'effacement relatif de Bertrand Delanoë en matière de circulation, derrière son adjoint, correspondait surtout à l'équilibre politique de son conseil municipal : à tant faire que d'être l'otage des Verts, autant qu'ils assument eux-mêmes leur politique !

La Reine des bouchons n'a jamais eu cette intelligence. Christophe Najdovski, son adjoint en charge des transports, n'a pas d'espace pour s'exprimer. C'est le péché mignon d'Anne Hidalgo : elle veut toujours être devant, sur la photo. Tous les Français ont pu le constater le 11 janvier 2015 lors de la manifestation des chefs d'État venus à Paris témoigner de leur solidarité, après l'attentat à *Charlie Hebdo* : dans ce moment de recueillement planétaire, elle n'a cessé – comme Nicolas Sarkozy ! – de jouer des coudes pour tenter d'atteindre le premier rang, à proximité de Benyamin Netanyahou, Premier ministre israélien, en s'accrochant au bras de Jean-Claude Juncker, le président de la Commission européenne. Face à elle, Christophe Najdovski n'existe guère. Comme Bertrand Delanoë, Anne Hidalgo est l'otage des Verts mais, à la différence de son prédécesseur, elle revendique tous leurs excès, sans marquer la moindre distance. La Reine de Paris est ainsi devenue le symbole assumé de l'écologie punitive.

À son crédit, elle n'a pas dissimulé ses intentions. Dès mai 2015, l'élue avait annoncé « la reconquête de la berge rive droite » en expliquant : « De nature philosophique, mon projet s'inscrit dans une approche globale. » Niant, contre l'évidence, vouloir se livrer à « une chasse à l'automobile », elle affirmait pourtant : « Oui, il y aura moins de voitures à Paris, clairement. » Elle reconnaissait le caractère exclusivement politique de sa décision de fermer la voie Georges-Pompidou : « C'est de ma part une volonté délibérée et je pense que ce sera un marqueur très fort de ce mandat. »

Sur ce point, cette intégriste avait vu juste. La décision de fermer aux véhicules motorisés la voie Georges-

Pompidou restera le symbole d'une politique stupide, conduite de façon abrupte. D'un coup de force, soutenu sans enthousiasme par le préfet Michel Cadot, sur ordre de François Hollande, mais dénoncé de tous côtés. À Paris comme dans toute l'Île-de-France.

Très vite, fin novembre 2016, deux cents maires, de toutes couleurs politiques, affichent leur soutien à Valérie Pécresse lorsqu'elle saisit la justice contre la piétonisation des voies sur berge, théoriquement instaurée de façon expérimentale, pour six mois. Dans une lettre ouverte, les élus d'Asnières (Hauts-de-Seine), du Chesnay (Yvelines), d'Étampes (Essonne) ou encore d'Ury (Seine-et-Marne) regrettent « le blocage général de la circulation à Paris » mais aussi les « effets, bien au-delà » de la capitale, d'une mesure prise « sans concertation ». La région Île-de-France reçoit le soutien de la majorité des départements lors de son récent recours contre la piétonisation de cet axe. « Nous dénonçons cette indifférence à l'égard des habitants de la petite et de la grande couronne », clament les maires mobilisés pour qui « Paris ne peut se vouloir le moteur du Grand Paris, en se considérant comme une île et en coupant les ponts ».

« Si j'agissais comme Anne Hidalgo, je transformerais l'avenue de Paris – véritable autoroute urbaine – en une charmante petite voie à chaussée unique, écrit François de Mazières, le maire de Versailles. Si, comme elle, chaque maire agit sans se soucier du collectif, on rétablira bientôt les octrois. Ce n'est pas raisonnable. »

La fermeture brutale des voies sur berge, en l'absence de solutions alternatives, la violence feutrée des propos d'Anne Hidalgo, l'hypocrisie de cette femme qui prône les transports en commun pour les autres mais ne les prend, elle-même, que s'il y a des caméras, son mépris affiché vis-à-vis de ceux qui ne pensent pas comme elle, justifiaient, à nos yeux, une enquête approfondie sur son étrange personnalité, en dépassant le strict cadre de la circulation automobile. Car, sur le fond, la nécessité d'encadrer voire de réduire la place de la voiture particulière en ville ne fait guère débat, à condition qu'elle soit conduite progressivement, démocratiquement, en tenant compte, avec bienveillance, des souhaits de chacun.

Par son sectarisme, Anne Hidalgo est un cas singulier. D'abord parce qu'elle n'a jamais pu se faire élire au suffrage universel direct. Cette ancienne inspectrice du travail pressée de quitter son ministère n'est parvenue à devenir maire de Paris, avec le soutien constant de François Hollande, qu'au terme d'une carrière d'apparatchik socialiste et grâce à un scrutin de liste faisant peu de cas des talents individuels. Surtout, elle tranche avec les maires des autres grandes villes. Ceux-ci sont plus appréciés que les députés parce qu'ils cherchent généralement à rassembler leurs administrés, quitte à nuancer leur étiquette politique d'origine. Comme Alain Juppé à Bordeaux, Gérard Collomb lorsqu'il dirigeait Lyon, Jean-Claude Gaudin à Marseille. La maire de Paris, elle, fait l'inverse. Elle est naturellement clivante. Elle fait du mépris de ses opposants le ciment de sa majorité plurielle. Et, derrière le masque de sa novlangue doucereuse, où il est question de « bienveillance » (!), elle semble prendre plaisir à se montrer blessante avec eux, surtout lorsqu'ils sont minoritaires.

Minoritaires ? C'est exactement ce que sont les automobilistes parisiens. Les chiffres sont clairs : un habitant de

Paris intra-muros sur deux n'a pas de voiture et la moitié de ceux qui en ont une ne s'en servent qu'une fois par semaine, le week-end. Pas question donc de flatter un quart des électeurs, au détriment des autres. Longtemps, les automobilistes n'ont pas été un enjeu à Paris. « Du temps de Chirac et de Tiberi, on se focalisait sur les petites vieilles, on s'occupait des crottes de chien, se souvient Bernard Bled, cinquante ans passés à la mairie où il a grimpé tous les échelons : aujourd'hui, les crottes de chien ne sont plus un sujet, car l'électeur type d'Anne Hidalgo est le bobo gaucho homo écolo. » Tout le contraire de l'automobiliste parisien vu par la maire. Elle perçoit celui-ci comme un hétéro CSP+, cousin du Beauf de Cabu avec queue-de-cheval, au volant d'un gros 4 × 4. Le repoussoir absolu. (64 % des automobilistes et conducteurs de deux-roues motorisés circulant dans le centre de Paris sont des cadres, peut-on lire sur le site officiel de la mairie en janvier 2017.)

La détestation de la voiture de la maire de Paris est pathologique. Preuve en est son invraisemblable refus de faciliter le transfert des détenus qui seront jugés dans le futur Palais de justice, dans le 17e arrondissement. La maire a exigé que les places de stationnement au tribunal de grande instance soient limitées à 80, alors que 5 000 personnes vont s'y rendre tous les jours ! Surtout, les élus d'opposition, ceux de Clichy, les magistrats, l'administration pénitentiaire et les syndicats de policiers réclament depuis des années la création d'une bretelle d'accès au périphérique extérieur, au niveau de la porte de Clichy. Car le trajet pour aller du nouveau Palais de justice jusqu'à la porte d'Asnières est long, toujours encombré. Et peu sécurisé dans un quasi-tunnel.

Grand bordel à Paris

Il en coûterait 6 millions d'euros pour désengorger le quartier et faciliter le transfert des détenus vers les différentes prisons de la région parisienne. Patrick Devedjian, président du conseil départemental des Hauts-de-Seine, comme Patrick Ollier, le président de la Métropole du Grand Paris, poussent à la roue. Mais Anne Hidalgo s'y oppose. Pourquoi ? « La construction d'une nouvelle infrastructure dédiée à la voiture induit de la circulation nouvelle par effet d'attraction, ce qui est contraire à la politique municipale de réduction de la place de l'automobile », affirme son adjoint chargé des transports. Dont acte. Les détenus et leurs gardiens devront-ils se déplacer en tramway ou en Vélib ? Sectarisme, quand tu nous tiens…

2

« On ne s'entretient pas avec Mme Hidalgo comme ça ! »

Décidés à faire ce livre en allant bien au-delà du seul problème de la circulation automobile à Paris et de sa détestation des voitures, nous avons bien entendu souhaité rencontrer Anne Hidalgo, pour lui parler de la saleté croissante de sa ville – qu'elle reconnaît elle-même –, de ses rapports ambigus avec les promoteurs et les oligarques, de sa politique du logement, de l'endettement croissant de Paris, de ses rapports avec François Hollande et Emmanuel Macron, des migrants et de bien d'autres sujets dont beaucoup font polémique. Bien qu'ayant avalé des kilomètres de discours, de comptes rendus, de rapports, d'articles de presse et de communiqués émanant de la maire de Paris, il nous est évidemment apparu souhaitable de nous entretenir avec elle, pour entendre ses réponses, juger sa capacité à affronter les critiques, mais aussi nous éclairer sur sa personnalité. Nous avons donc pris rendez-vous avec son conseiller chargé de la presse, passage obligé pour approcher Sa Majesté. Le 2 mai 2017, Matthieu Lamarre, qui nous reçoit dans son bureau, nous demande « s'il s'agit d'un livre de commande ». On tente de le rassurer : l'idée nous est venue toute seule, un jour d'octobre 2016, au milieu d'un embouteillage artificiel. Il fait la moue et nous interroge :

– Quels sujets voulez-vous aborder avec elle ?

– On veut la voir, discuter de tout et de rien : son parcours, son bilan, la vraie raison des relations exécrables qu'elle a, depuis deux ans, avec Emmanuel Macron, son avenir, mais aussi, évidemment, la circulation, le logement, la saleté, la dérive et l'opacité des comptes de la mairie…

– Il n'y a aucune opacité, interrompt sèchement le porte-parole, manifestement courroucé. Vous avez tout sur notre site.

– Tout n'est pas si clair.

– Tout est transparent. Si vous ne comprenez pas, vous pouvez demander à vos confrères des *Échos* de vous expliquer !

On sourit : si Matthieu-chargé-de-com avait au minimum consulté Google, il aurait su que l'un de nous deux a travaillé dix-neuf ans aux *Échos*, notamment en charge des finances ! Mieux vaut donc passer à autre chose :

– Nous voudrions qu'elle nous explique comment l'endettement de la ville est passé de 1,1 milliard d'euros en 2001, quand Jean Tiberi a laissé la place à Bertrand Delanoë, pour atteindre 5,5 milliards fin 2017.

– Parce que nous avons fait le choix de l'investissement et qu'Anne Hidalgo s'est engagée à ne pas augmenter les impôts. Mais je dois vous dire que si vous la rencontrez et si vous lui posez ce genre de questions, au centième de ce que je viens d'entendre, vous allez vous retrouver dehors au bout de trente secondes. Et il n'y aura pas de seconde fois !

– Mais pourrons-nous, ou pas, la rencontrer ?

– On ne s'entretient pas avec Mme Hidalgo comme ça. Et puis, quelles sont vos questions ?

– On vient de vous le dire.

– Laissez-moi vous expliquer : quand un journaliste veut rencontrer Mme Hidalgo, je le vois, plusieurs fois si nécessaire, je lui fais rencontrer ses adjoints sur les sujets qui l'intéressent, on discute et si on est d'accord sur le thème du sujet, il peut l'accompagner au cours d'un de ses déplacements sur le terrain. Si le contact est bon, il pourra la rencontrer. Elle fonctionne comme ça.

– Anne Hidalgo ne souhaite pas défendre son bilan ?

– Non, vous êtes trop fouillis. D'ailleurs, elle n'en a rien à faire de votre livre : elle déroule son programme, avec pour objectif d'être réélue maire de Paris en 2020 !

– Comme elle voudra, rétorquons-nous, en nous levant pour conclure l'entretien, bien décidés à lui envoyer par mail une série de questions.

Matthieu-chargé-de-com se rend compte qu'il est allé trop loin, qu'à force de côtoyer la Reine, il nous a pris pour ses sujets, qui doivent se prosterner avant de l'approcher. Il se calme, nous raccompagne jusqu'à l'entrée du parking et, comme pour nous impressionner, nous conseille de prendre rendez-vous avec Bernard Arnault et François Pinault – « la maire, nous dit-il, a d'excellentes relations avec eux ». Fait-il du name dropping ? Veut-il ainsi droitiser l'image de sa patronne ? Ultime maladresse : il nous conseille aussi de prendre contact avec les « journalistes sérieux », c'est-à-dire ceux qui sont habilités à suivre la mairie de Paris – la Secte ! Peu à peu, Matthieu se fait plus aimable, jusqu'à ce que l'un de nous deux plaisante sur les encombrements parisiens dus à la politique « un brin stalinienne » d'Anne Hidalgo. La réponse, abrupte, tombe aussitôt : « Vous n'avez qu'à prendre le métro ! »

On s'en doutait un peu : qui ne se coule pas dans le moule n'est pas bienvenu à la mairie de Paris.

3

À la botte des oligarques

Amie des oligarques ? Ils ont noms Bernard Arnault, François Pinault, Xavier Niel, Vincent Bolloré, feu Jean-Claude Decaux, sans oublier les promoteurs Christophe Cuvillier, patron d'Unibail, et Laurent Dumas, fondateur de la société Emerige : les grands patrons exercent sur Anne Hidalgo, quoi qu'elle dise, la même fascination que les souverains étrangers ou les vedettes du show-biz. On l'avait vue, sur la scène du théâtre du Châtelet, en pantalon de cuir noir, roucouler au côté de Leonardo DiCaprio, venu présenter son film écolo, *Avant le déluge.* Même pâmoison, le 8 mars 2017, au restaurant La Verrière, dans le Jardin d'acclimatation, en bordure du bois de Boulogne, au côté de François Hollande, face à Bernard Arnault, son épouse Hélène, sa fille Delphine et son gendre… Xavier Niel. Elle venait de confier à l'homme le plus riche de France les clés de l'ancien musée des Arts et Traditions populaires, laissé à l'abandon depuis 2005 par la Ville de Paris. LVMH en confie la réhabilitation à l'architecte Frank Gehry. Elle va coûter 158 millions d'euros et l'exploitation, pendant cinquante ans, de ce bâtiment donner lieu à une bien modeste redevance, payée à la Ville, de 150 000 euros par an, soit moins d'un euro le mètre carré par mois... Un cadeau ? Une (très) bonne affaire en tout cas. Nicolas Bonnet Oulaldj, élu communiste au Conseil de Paris, déplore d'ailleurs « l'absence d'appel d'offres et la rapidité avec laquelle la convention a été signée ».

Bernard Arnault contrôle ainsi, dans le site classé – et théoriquement inconstructible ! – du bois de Boulogne, un ensemble composé de sa fondation Louis-Vuitton, monument de verre et de lumière qui accueille des expositions de peinture prestigieuses[1] ; du Jardin d'acclimatation où des générations de familles parisiennes ont emmené leurs enfants en bas âge dans des attractions à leur mesure ; et enfin de l'ex-musée des Arts et Traditions dans lequel seront exposés tous les savoir-faire des marques de luxe du groupe LVMH. « Il ne reste plus qu'à rebaptiser le bois de Boulogne en bois Vuitton », s'amuse Serge Federbusch, magistrat, ancien conseiller du 10e arrondissement, créateur de Delanopolis, un site critique sur la mairie de Paris.

Avec l'aide de sa protectrice, Bernard Arnault fait aussi ses emplettes dans les plus beaux endroits de Paris intra-muros : outre Le Bon Marché, grand magasin acquis dès 1984, le très luxueux hôtel Cheval Blanc, construit dans l'ancienne Samaritaine, et l'immeuble Vuitton des Champs-Élysées, Bernard Arnault va ouvrir un deuxième vaisseau amiral de la marque dans le vaste hôtel particulier Heuzé de Vologer, place Vendôme. Et a mis la main, avec ses partenaires Xavier Niel et Laurent Dumas, dans le cadre du projet « Réinventer

1. Avec 1,2 million de visiteurs, l'exposition Chtchoukine a battu tous les records.

Paris », sur l'immense bâtiment Morland, le plus gros projet de réhabilitation, ainsi que sur l'hôtel de Coulanges, dans le quartier du Marais, qui appartenait à la mairie et dans lequel il organisera ses défilés de haute couture.

LVMH annonce vouloir dépenser près d'un milliard d'euros pour le patrimoine parisien, soit plus que le budget que consacre la France à son propre patrimoine ! Mécénat ? Pour ce grand patron souvent visionnaire, l'investissement est déjà largement rentabilisé. Le tycoon « a bien compris l'importance d'investir dans l'attractivité de la ville de Paris, capitale touristique de premier rang, écrit Thiébault Dromard. La fondation Vuitton est aujourd'hui dans tous les guides touristiques, tout comme le futur hôtel Cheval Blanc de la Samaritaine. L'image de Paris et celle de LVMH sont aujourd'hui intrinsèquement liées : Paris comme la France sont des actifs du groupe de luxe [1] ». En clair : l'homme le plus riche de France a réalisé une OPA sur Paris avec le soutien actif d'Anne Hidalgo qui y a trouvé son compte !

L'attrait qu'exerce le milliardaire sur celle qui rêve de diriger bientôt le PS – ou ce qu'il en reste – va la pousser à tourner brutalement le dos à son ami Marcel Campion, le « roi des forains », qui l'avait soutenue en 2014 face à Nathalie Kosciusko-Morizet. La militante et le truculent gitan avaient sympathisé lorsque Bertrand Delanoë emmenait son adjointe chargée de la petite enfance à la foire du Trône. Quand la campagne électorale a commencé, « NKM m'avait dit qu'elle transférerait

1. *Challenges*, 16 mars 2017.

la foire du Trône sur le boulevard périphérique, qu'elle voulait recouvrir », se souvient Marcel Campion, alors qu'Anne Hidalgo m'avait déclaré : « La foire du Trône me plaît et j'adore les forains. »

Marcel Campion a alors fait passer le message à ses copains forains : « C'est comme ça que je me suis retrouvé dans sa liste de soutien. » Jusqu'à la fin de l'année 2016, l'idylle est parfaite : Marcel installe sa Grande Roue place de la Concorde, dans l'axe royal qui va des Tuileries à la Défense en passant par les Champs-Élysées et l'Arc de triomphe, obtient des prolongations successives. « Anne Hidalgo, elle est belle, elle est charmante », a-t-il commenté dans *VSD*, après que le Conseil de Paris l'eut autorisé, le 28 septembre 2015, à exposer sa Grande Roue pendant trois cent huit jours (du 13 novembre 2015 au 15 septembre 2016). Pour « participer à l'animation de l'Euro 2016 de football », la mairie de Paris proposait, dans l'appel d'offres du marché, une petite ristourne de 30 %, soit 1,2 million d'euros pour trois cent huit jours.

Jamais étayées, les rumeurs vont alors bon train : avec son réseau de forains qui lui obéissent au doigt et à l'œil, Marcel Campion aurait gagné le soutien d'Anne Hidalgo, comme il avait obtenu celui de Jacques Chirac, de Jean Tiberi et de Bertrand Delanoë, après quelques réticences initiales vite levées. Corruption ? Non, bien sûr. Il reste que l'entente fut longtemps parfaite entre l'égérie d'un Paris qu'elle veut festif et le roi des forains – et de la fête –, comme en témoigne une vidéo de septembre 2016 dans laquelle ils déambulent joyeusement et se couvrent d'éloges réciproques…

« Anne Hidalgo n'a jamais rien fait de concret pour nous », nous assure Campion. Le ton a changé. Deux mois plus tard, c'est la guerre : le 21 novembre 2016, alors que se prépare l'inauguration des chalets de Noël sur les Champs-Élysées, Marcel Campion reçoit un coup de fil de Mathias Vicherat, alors directeur de cabinet d'Anne Hidalgo :

– Marcel, la maire ne s'arrêtera pas si tu restes là.

– Que se passe-t-il ? Il n'est pas question que je ne sois pas là !

Le jour venu, Anne Hidalgo est arrivée entourée de gardes du corps et protégée par deux barrières. Au pot, elle l'a évité, parvenant même à ne jamais croiser son regard. Peu après, Vicherat rappelle Campion :

– Je te demande de ne plus écrire, de ne plus envoyer de mails ou de SMS à quiconque à la mairie de Paris.

– Je continue et je t'emmerde.

Mais personne, à la mairie de Paris, ne répondra plus à l'ami Marcel. C'est le premier adjoint, Bruno Julliard, qui portera la bonne parole : « Campion, il est cramé », dira-t-il à qui veut l'entendre.

Entre-temps, la foudre médiatique et judiciaire est tombée sur le roi des forains, avec des articles à charge du *Canard enchaîné.* Il y a appris que Tracfin était à ses trousses, que lui et ses sociétés étaient accusés de favoritisme, d'entente illicite et de corruption. Il a fait l'objet de contrôles fiscaux et de l'Urssaf, ainsi que d'investigations approfondies et de perquisitions à grand spectacle : 300 000 euros en liquide ont notamment été trouvés chez lui, dans un coffre-fort, le 6 octobre 2016. Il clame depuis son innocence.

Pétocharde, notre icône a-t-elle fui de peur d'être elle-même éclaboussée ? Le 15 mars 2017, Marcel Campion est placé en garde à vue et de nouveau interrogé par les enquêteurs de l'office anticorruption de la police judiciaire dans le cadre de l'enquête sur les conditions d'octroi de ses emplacements par la mairie, notamment la Grande Roue, puis est libéré sans qu'aucune charge ne soit retenue contre lui. Finalement, il est mis en examen le 31 mai pour recel de favoritisme et abus de biens sociaux, à hauteur de 75 000 euros.

Marcel Campion croit dur comme fer à la manipulation : « Il y a, à l'évidence, un petit réseau de gens qui ont utilisé le parquet à mon encontre. » Anne Hidalgo ou plutôt son premier adjoint Bruno Julliard – qui se montre ouvertement hostile au forain – peuvent-ils avoir fait partie d'un complot contre lui ? Cela paraît absurde mais il s'étonne que l'État et la mairie n'autorisent plus l'installation de la Grande Roue aux mêmes dates, ce qui donne prétexte à des constats d'infraction et à des plaintes d'associations. Selon lui, le but de la « cabale » est clair. Après sa perquisition, la police a oublié un papier sur lequel était écrit : « Opération Grande Roue. » Marcel Campion est donc convaincu que LVMH, associé à la Compagnie des Alpes (filiale de la Caisse des dépôts), pourrait avoir intérêt à monter un chantier pour l'évincer : ce sont déjà LVMH et la Compagnie des Alpes qui ont, sans ménagement, chassé la famille Sacreste, des forains gitans qui animaient, depuis plusieurs générations, le Jardin d'acclimatation. Rien ne le prouve cependant à ce jour.

Pourquoi écarter Marcel ? Depuis qu'en 1993 le truculent forain a installé la première Grande Roue en centre-ville, 180 autres ont été installées dans le monde, dont 20 en France. Démontable, celle de Paris culmine à 65 mètres. C'est 100 mètres de moins que celles – fixes – de Singapour et de Las Vegas, actuellement la plus haute du monde, à 168 mètres ! Ce nouveau business est à la fois prestigieux et très rentable. Dès lors, pour la Reine de Paris, que pèse un forain, même le « roi » d'entre eux, face aux milliards de Bernard Arnault ? Mais Marcel garde du répondant : le jeudi 24 novembre 2016, une centaine de forains ont bloqué la place de la Concorde pour empêcher le démantèlement de la Grande Roue décidé par l'État. Après la levée du blocus à 9 h15, Campion a obtenu gain de cause. Debout sur une caisse, micro à la main, entouré de forains, d'acteurs et de personnalités, Marcel Campion a harangué les foules. « J'ai fait un investissement, je suis là depuis vingt-trois ans, quand un haut fonctionnaire sorti d'une boîte décide soudainement que non, ce n'est plus possible. » Campion a ensuite lu des messages de soutien d'Enrico Macias, de Franck Dubosc, d'Alain Delon, de Gérard Majax et même... du Secours populaire ! Tous dénonçaient un « scandale » et célébraient « la Grande Roue et la magie de la nuit de Paris ».

Consolation : les Parisiens pourront peut-être tirer avantage de la triste soumission de leur maire, si engagée à gauche, au milliardaire : grâce à lui, en effet, le projet insensé d'interdire la circulation des voitures sur les quais hauts de la Seine rive droite et de mettre à double sens la rue de Rivoli, avec des voies réservées à des bus électriques, n'arrivera peut-être pas à son terme. Car, pour Bernard Arnault, il ne peut être question d'empêcher l'accès, en voiture, à son hôtel de grand luxe Cheval Blanc, dont toutes les chambres donneront sur la Seine. Construit dans l'ancienne Samaritaine, dont la superbe façade Art déco sera bien entendu conservée, cet immeuble se situe exactement entre les quais hauts de la Seine et la rue de Rivoli. Une négociation, en forme de bras de fer, a donc été discrètement engagée par Marc-Antoine Jamet, ancien directeur de cabinet de Laurent Fabius, secrétaire général et directeur immobilier de LVMH, ouvertement appuyé par Bernard Arnault. « Anne Hidalgo m'a assuré qu'il y aura des aménagements qui rendront l'hôtel de la Samaritaine accessible et a donné en exemple l'ouverture des quais hauts aux voitures électriques », déclarait de façon énigmatique le patron de LVMH[1]. Y aura-t-il un deal global ? « Nous avons des conversations constructives avec la mairie de Paris », a-t-il simplement ajouté lors de l'inauguration du futur musée du « bois Vuitton ». En attendant la mairie a annoncé la réduction, sur une seule voie, de la circulation automobile, rue de Rivoli, entre la Bastille et l'Hôtel de Ville. Début des travaux en août 2017.

Anne Hidalgo a déjà jeté du lest en assurant que l'hôtel sera accessible par des voitures électriques qui auront une voie dédiée. Il va lui falloir aller beaucoup plus loin. Arrêter ce projet fou de couper définitivement la ville en deux : ce que les Parisiens n'auraient sans doute jamais pu obtenir par la voie démocratique, peut-être l'obtiendront-ils grâce à la toute-puissance de Bernard Arnault, face à une élue despotique mais en difficulté sur ce dossier et prête à des concessions pour ne pas se fâcher avec un oligarque aussi précieux.

L'homme d'affaires ayant table ouverte à la Ville de Paris, Anne Hidalgo ne pouvait décemment pas fermer la porte à son éternel rival, François Pinault, qui détient, à

1. *Challenges* du 23 mars 2017.

titre personnel, une des plus belles collections d'art contemporain au monde. En raison des atermoiements de Jean-Pierre Fourcade, alors maire de Boulogne-Billancourt, incapable d'anticiper les retombées pour sa ville, Pinault avait renoncé, en 2005, à installer son propre musée d'art contemporain dans l'île Seguin, pour l'établir à Venise, au Palazzo Grassi et à la Pointe de la Douane, attirant des amateurs et des touristes du monde entier. Critiqué pour ce choix, l'ami de Jacques Chirac, alors à l'Élysée, avait promis qu'il ouvrirait un autre site en France « dès que les conditions seront réunies ». Peu de gens l'avaient cru.

C'est pourtant chose faite : le 27 avril 2016, Anne Hidalgo et François Pinault ont annoncé la création à la Bourse de commerce d'un site parisien permanent de présentation de la collection Pinault qui doit ouvrir fin 2018. Pour libérer ce lieu prestigieux et classé, au cœur des Halles, la maire, récente convertie à l'art contemporain, n'a pas ménagé sa peine. Elle a fait pression sur la Chambre de commerce de Paris pour libérer le vaste bâtiment circulaire en mettant à sa disposition un immeuble dans le 10e arrondissement, propriété de la Ville. Officiellement, c'est Anne Hidalgo qui a invité François Pinault à installer une partie de sa collection dans l'ancienne Bourse de commerce désaffectée. Le bâtiment fait plus de 10 000 m² de surface utile dont 3 000 m² de surface d'exposition. Un auditorium de 300 places permettra la projection de films et la tenue de concerts et de conférences. Comme dans le projet de Bernard Arnault, un restaurant de grand luxe prendra place au troisième et dernier étage, face à l'église Saint-Eustache. L'art contemporain s'accommode volontiers d'une recherche d'image... et de rentabilité.

Anne Hidalgo a accueilli ce projet « avec enthousiasme, assurée que la présence à Paris de l'une des plus grandes collections d'art contemporain du monde contribuera au dynamisme et au rayonnement international de la capitale ». Comme à LVMH, la Ville accorde à Pinault une concession de cinquante ans, soumise à une mini-redevance. Le milliardaire prendra en charge les importants travaux de restauration, l'aménagement et le financement de l'activité du nouveau musée. Le relooking de ce futur musée d'art moderne, au cœur de Paris, est confié à l'architecte minimaliste Tadao Ando, qui s'est déjà chargé, à Venise, du Palazzo Grassi et de la Pointe de la Douane.

Anne Hidalgo a été longtemps allergique à l'art contemporain, dont elle se moquait volontiers, jusqu'à ce qu'elle réalise qu'il s'agissait d'un lieu de pouvoir valorisant et branché, qui permet de fréquenter les plus grandes fortunes. Un monde non soumis à l'ISF qui se situe hors de tous les radars ; un monde sans règles, où règne la loi du plus fort, où les connaisseurs arnaquent sans retenue les nouveaux riches, soucieux d'acquérir un statut en entrant dans leur cercle... Devenue maire de Paris, elle s'est jetée à corps perdu dans ce monde grisant, avec la foi du néophyte. C'est ainsi qu'elle a sympathisé avec Laurent Dumas. Membre fondateur du Tokyo Art Club et secrétaire général des Amis du musée d'Art moderne de la ville de Paris, ce fringant quadragénaire a fondé la charte « Un immeuble, une œuvre » par laquelle il s'engage à financer et installer une œuvre d'art contemporain au sein des immeubles qu'il construit ou réhabilite. Le séduisant promoteur est devenu la coqueluche des artistes, galeristes et responsables de musée, grâce, notamment, à ses commandes passées dans le cadre de ses opérations immobilières. « Il soutient la scène française comme un entrepreneur responsable qui ne néglige aucun maillon de la chaîne. Il a un objectif, des stratégies », affirme le sculpteur Marc Vellay dans un portrait que lui consacre *Le Journal des Arts*[1]. Il crée la bourse Révélation Emerige dédiée à de jeunes artistes, prend en charge une résidence en arts plastiques à la Villa Médicis, soutient la Nuit blanche, passe commande à Tobias Rehberger pour la future station de métro Pont-Cardinet aux Batignolles ou à Ronan et Erwan Bouroullec pour un kiosque présenté aux Tuileries lors de la dernière Fiac. Ouf !

Problème : Laurent Dumas bénéficie d'une aisance financière et d'un soutien bancaire difficilement explicables, compte tenu de la petite taille de sa société et de sa création relativement récente. « Il prend des risques étonnants, hors de portée de ma propre entreprise, assure un des plus grands promoteurs français. Comme s'il avait des soutiens aussi occultes que puissants. » Laurent Dumas serait-il le faux-nez de Xavier Niel ou de Bernard Arnault ? de Jacques-Antoine Granjon (vente-privée.com) ou encore de Marc Simoncini (Meetic) ?

Ami d'Anne Hidalgo, prince du mélange des genres entre le mécénat artistique et la promotion immobilière, Laurent Dumas va s'imposer dans le concours d'urbanisme Réinventer Paris lancé par Mme la maire qui

1. 13 mars 2016.

l'apprécie beaucoup. Plusieurs promoteurs non retenus nous affirment que dans cette ambitieuse opération d'aménagement urbain, face à Bernard Arnault, Xavier Niel et Laurent Dumas en sont réduits à ramasser les miettes. La société Emerige participe aussi au projet d'une fondation pluridisciplinaire aux Batignolles, face au futur Palais de justice, et surtout à la reconfiguration de l'immeuble du boulevard Morland. Un énorme chantier, pour lequel ce très actif promoteur s'est – officiellement – associé à... Bernard Arnault et à Xavier Niel ! L'opération prévoit le regroupement de bureaux, de logements, d'une crèche, d'une auberge de jeunesse, d'un hôtel, d'un marché alimentaire, avec piscine et jardins, ainsi qu'un volet artistique qui intègre une intervention d'Olafur Eliasson (aux 15e et 16e étages de la tour). Ne manque que le restaurant panoramique, en roof top !

Voilà ; Paris version Hidalgo, c'est aussi ça, qui rappelle le bon vieux temps : le club des bons amis qui font tranquillement des affaires ensemble. Rien d'illégal, juste le résultat de sincères complicités intellectuelles.

4

Reine du monde

Daté du 8 août 2016, un communiqué de la Ville de Paris présente Anne Hidalgo, en toute simplicité, comme la première femme « leader mondiale des maires les plus influents, représentant ensemble 650 millions de citoyens et dont les territoires génèrent 25 % du PIB mondial ». On pense à Michel Audiard et à la réplique de Lino Ventura dans *Les Tontons flingueurs* : « Les cons, ça ose tout. C'est même à ça qu'on les reconnaît. » Il faut toujours se méfier des porte-parole trop zélés. Sans peur du ridicule, ils vont seriner pendant des semaines la même antienne. Mme la maire se rengorge. D'un coup de baguette magique, elle se retrouve ainsi à la tête de 650 millions d'ouailles et du quart de la richesse du monde : Donald Trump, Vladimir Poutine et Xi Jinping n'ont plus qu'à bien se tenir !

Quand on est porté vers de tels sommets, le reste apparaît dérisoire. « Cela fait deux ans qu'Anne Hidalgo ne participe plus à aucune réunion nationale du Parti socialiste, révèle *Le Figaro*. De capitale de la France, Paris s'est transformée en "ville-monde". » Autant dire que les réunions de courant rue de Solferino, au siège du parti, ne sont plus vraiment de son niveau... « À la mairie, ils ont coulé une bielle », affirme un élu socialiste, sidéré par tant de prétention. Jugement plus sévère encore d'un ministre du gouvernement Valls finissant : « Elle se vit comme une icône mondiale et nous traite de clampins incapables, elle a perdu tout contact avec la réalité. »

Retour sur terre : à Rio de Janeiro, pendant les Jeux olympiques, Anne Hidalgo a été élue, pour trois ans, présidente du C40 (Cities Climate Leadership Group), un réseau créé en 2005, dont le siège est à Londres et qui rassemble 85 métropoles soucieuses de leur environnement (notamment New York, San Francisco, Vancouver, Londres, Moscou, Rome, Milan, Athènes, Séoul, Bombay, Djakarta, Melbourne, Hong Kong, Pékin, São Paulo, Buenos Aires, Le Cap, Le Caire, etc.). Elle succède à Ken Livingstone, maire de Londres (2000-2008), David Miller, maire de Toronto (2008-2010), Michael Bloomberg, maire de New York (2010-2013) et Eduardo Paes, maire de Rio de Janeiro (2013-2016). Anne Hidalgo avait présenté sa candidature début avril. Elle était la seule candidate ! Il s'agit, en effet, d'une présidence tournante qui revenait naturellement à l'Europe, après neuf années dévolues aux Américains. Après Londres, c'était donc le tour de Paris. En campagne permanente d'autopromotion, la Reine du monde avait néanmoins bien préparé le terrain, lors de la COP21, la conférence sur le climat qui s'est tenue à Paris en décembre 2015 : elle avait organisé à l'Hôtel de Ville un « Sommet de mille maires » – au final ils étaient 700 – qui se sont engagés à réduire de 3,7 gigatonnes les émissions annuelles de gaz à effet de serre dans les zones urbaines d'ici à 2030. Pourquoi douter ?

Cela dit, le C40 est un réseau d'échanges d'expériences

et d'informations – c'est déjà beaucoup –, mais certainement pas un lieu de pouvoir. Les maires se réunissent à leur gré, plusieurs fois par an, autour d'un dénominateur commun, pour « réfléchir ensemble » sur les transports, l'alimentation, la voirie, les migrations et d'autres sujets au cœur de leurs préoccupations. L'organisation a pour but... d'accélérer la mutation écologique à l'échelle des villes. L'objectif de ce lobby d'un nouveau genre est de « peser sur les politiques des gouvernements et infléchir les prises de position des climatosceptiques déclarés ». Dans le collimateur : Donald Trump, qui avait qualifié le changement climatique de « canular » inventé par les Chinois (et qui a fini, en juin 2017, par se retirer de l'accord de Paris sur le climat).

Selon le communiqué de victoire de la Ville de Paris, Anne Hidalgo lancera « un appel à des projets d'urbanisme innovants, à l'échelle des villes du C40 », travaillera « avec les meilleures start-up des villes du C40 pour généraliser les solutions les plus pertinentes en matière de qualité de vie en ville » et favorisera « de nouveaux investissements pour financer l'action des villes durables et résilientes » (*sic*).

Bref : c'est le bla-bla habituel que la Reine du C40 prononcera à Mexico, le 1er décembre 2016, date de son entrée en fonction. Citant Victor Hugo, elle affirme : « Paris a toujours été un révélateur pour les valeurs humanistes et aussi un accélérateur de progrès. » Relevant que 74 % des gaz à effet de serre seront émis en 2030 par les grandes villes du monde, Anne Hidalgo – qui voit loin ! – appelle à des actions concrètes : « Il nous faut décarboner (*sic*) notre économie, supprimer les centrales à charbon, imposer la mobilité non polluante, tripler les trains à grande vitesse, donner la priorité à l'économie circulaire et l'écoconception (!), promouvoir l'éducation à l'environnement. » Elle a bien sûr pointé du doigt son ennemi personnel, le diesel, gros émetteur de particules fines, qu'elle veut bannir de Paris dès 2020.

On est content d'apprendre que la maire de Paris veut « tripler les trains à grande vitesse », alors que la priorité, pour les Franciliens, dont les Parisiens, est bien de réparer, de moderniser et de développer les transports urbains et périurbains. C'est un détail, mais il est significatif : Anne Hidalgo parle de plus en plus de sujets qui ne la concernent pas, en tant que maire de Paris. Mieux : invitée, en même temps que Valérie Pécresse, à fêter les vingt-cinq ans d'Eurodisney, Anne Hidalgo a fait recadrer une photo où les deux femmes posent de part et d'autre de Mickey et de Minnie : la présidente de la région Île-de-France, où se situe le site de Marne-la-Vallée, a tout bonnement disparu !

La visionnaire accumule les titres de gloire et les honneurs. Deux semaines avant son intronisation à Mexico, elle avait reçu le 18 novembre, à Washington, pour la deuxième année consécutive, le prix *Green Diplomat of the Year* au titre de son action écologique à Paris, décerné par la revue américaine *Foreign Policy*. Bref : les Parisiens avaient cru élire en 2014 une maire socialiste réservée, modeste, douce et bienveillante ; les voilà dotés d'une virago, militante écologiste, péremptoire, punitive et mondialisée !

Réseau de réflexion et d'échange d'expériences, le C40 a un autre mérite : c'est un alibi parfait pour organiser des voyages dans tous les pays du monde, avec ses adjoints, ses amis, ses obligés, et de brûler ainsi massivement du kérosène au nom, bien sûr, de la défense de l'environnement.

Sur ce plan, la maire de Paris n'est pas en reste. Elle avait même pris les devants !

Une semaine avant sa rencontre historique avec Elizabeth II sous leurs parapluies respectifs, Mme la maire était à New York, reçue par le maire Bill de Blasio. Cela lui a valu, dans *Paris Match*, un article enthousiaste, signé par Virginie Le Guay, qu'Anne Hidalgo avait emmenée dans ses bagages. Extraits : « "Petite Anne" dans Big Apple, marchant à grandes enjambées sur Madison Avenue, sans officier de sécurité sur ses talons… La nouvelle maire de Paris savoure cette première échappée belle depuis son élection historique, en mars dernier. Elle n'a pas eu à forcer de portes pour venir à New York. Bill de Blasio, récemment élu, lui a téléphoné en avril pour l'inviter. Une surprise pour "Mayor Hidalgo", première personnalité politique française à rencontrer le successeur du charismatique Michael Bloomberg […]. Elle sort, rose de plaisir, dans son chemisier blanc et sa veste bleu marine, du bureau de Bill de Blasio. Devant la presse, le maire de New York a parlé d'elle comme d'une "pionnière", une "sœur" et une "amie". Anne Hidalgo est sur un petit nuage : "Il est chaleureux, empathique. Nous sommes deux maires progressistes en début de mandat. Nos priorités se ressemblent." Interrogée sur la candidature de Paris aux Jeux olympiques de 2024, elle botte en touche : "Je ne suis pas convaincue." […] Cette femme de gauche, qui a pris ses distances avec le gouvernement pendant sa campagne, ne transige pas : "Je ne suis pas dans la subordination. J'ai gagné mon indépendance en gagnant Paris [1]." »

1. *Paris Match*, 6 juin 2014.

Emmenant chaque fois une impressionnante suite de collaborateurs, de journalistes et parfois d'amis personnels, sœur Anne a été saisie, depuis son élection, par la frénésie des voyages. « L'Hôtel de Ville de Paris est devenu une vraie annexe du Quai d'Orsay », s'étonne un proche du chef de l'État cité dans *L'Opinion*, en février 2016. Frénésie de voyages que confirme Matthieu Lamarre, son directeur de la communication, qu'il justifie par la COP21, le C40 et la candidature aux JO.

Ses voyages sont aussi à but électoral, comme celui qu'elle a effectué en Israël (avec un saut de circonstance en Palestine), du 10 au 13 mai 2015, où la maire de Paris a clairement choisi son camp : dépôt de gerbe au mémorial de Yad Vashem, sur la tombe de Yitzhak Rabin, recueillement au cimetière Givat Shaul, où sont enterrées les victimes de la tuerie de l'hyper-casher à Paris, Ilan Halimi et les victimes de l'école Otzar Hatorah de Toulouse, rencontre avec diverses personnalités politiques israéliennes, dont l'ancienne ministre de la Justice Tzipi Livni, le chef de file de l'Union sioniste, Itzhak Herzog, le maire de Tel-Aviv, Ron Huldaï, l'ancien président Shimon Peres, visite de l'Université de Tel-Aviv et allocution au 5e Forum global pour combattre l'antisémitisme à Jérusalem, en présence du Premier ministre Benyamin Netanyahou… Elle est accompagnée d'une délégation d'élus de la mairie de Paris, parmi lesquels Patrick Klugman, son adjoint aux relations internationales et à la francophonie, membre du comité directeur du Conseil représentatif des institutions juives de France (CRIF), ou encore Pierre Aïdenbaum, ancien président de la Ligue internationale contre le racisme et l'antisémitisme

(LICRA), maire du 3e arrondissement[1]. Le but est évidemment électoral. Anne Hidalgo déclarera sur i24news, la chaîne créée en 2013 par le milliardaire franco-israélien Patrick Drahi, propriétaire, entre autres, de *L'Express* et de *Libération* : « L'histoire de Paris est façonnée par la communauté juive. » Et d'ajouter : « L'âme juive imprègne notre ville. »

En même temps, au cours de ce voyage, on découvrira une de ses marottes : la fascination pour la communauté homosexuelle. À Tel-Aviv, elle affirme ainsi qu'« un des points forts de la ville est d'être gay-friendly. C'est important. La smart city doit être une ville de liberté, tolérante, qui attire les jeunes, source de créativité ». Pour Anne, les homos sont forcément jeunes, tolérants et créatifs : avec elle, aucun cliché n'est négligé !

Début février 2016, la voilà reçue comme un chef d'État par le régime algérien : le président Abdelaziz Bouteflika lui a ouvert en grand le palais de la Mouradia. Fin février, avec Patrick Klugman, Jean-François Martins, son adjoint aux sports et au tourisme, Jean-Louis Missika, en charge de l'urbanisme, de l'innovation et de l'attractivité de Paris, ainsi qu'Éric Lejoindre, maire du 18e arrondissement, elle se rend au Japon. Cette fois sa rivale, Valérie Pécresse, est du voyage. Elle en garde un souvenir amusé. Anne Hidalgo l'avait appelée le soir de son élection pour la féliciter, l'inviter à déjeuner et lui proposer de l'accompagner. Objectif : relancer l'attractivité de Paris, boudé par les touristes japonais depuis les attentats,

---

1. presse.paris.fr : communiqué de presse de la mairie de Paris, 10-13 mai 2015.

et promouvoir la ville pour l'obtention des Jeux olympiques de 2024. Anne Hidalgo se met sur le mode bonne copine, espérant conserver les subsides de la région que lui octroyait Jean-Paul Huchon. Après les tandems Michel Giraud à la région, Jacques Chirac et Jean Tiberi à Paris, puis Jean-Paul Huchon face à Bertrand Delanoë et Anne Hidalgo, c'est la première fois que la présidente de la région et la maire de Paris ne sont pas du même bord politique. Elles font pourtant tandem, dorment toutes deux à l'ambassade de France mais, au fil de leurs échanges avec leurs interlocuteurs, la Reine du monde s'agace de voir sa rivale à l'aise en anglais, une langue qu'elle baragouine. Au débotté, elle exige un interprète mais veut qu'il reste discret, multiplie les exigences, affirme sa préséance…

Pour la maire de Paris, ce voyage a un autre objectif : « Observer in situ comment Tokyo s'est passé du diesel. » À plusieurs reprises, la militante anti-voitures va faire grand cas de cette « interdiction » imaginaire du diesel, en omettant toujours de dire que des voitures diesel, au Japon, il n'y en a jamais eu, sauf marginalement. Comme aux États-Unis, ce carburant est réservé aux camions !

Voyage politique aussi, comme lorsqu'elle se rend à Madrid, avec plusieurs adjoints, à l'invitation de son homologue Manuela Carmena (Podemos), officiellement pour discuter des possibilités de réguler l'application Airbnb. En réalité pour souligner son ancrage du côté de la gauche radicale.

En novembre 2016, pendant que les automobilistes parisiens sont englués dans les embouteillages qu'elle a délibérément organisés, Anne Hidalgo n'a fait que survoler la ville dont elle a la charge : elle voyage comme une excellence, va passer de Marrakech, pour la COP22, à Mexico via Doha, pour la présentation de la candidature de Paris aux Jeux 2024 devant les membres de l'assemblée générale des comités nationaux olympiques. Elle y a été reçue par l'émir du Qatar, le cheikh Tamin ben Hamad al-Thani. Son voyage à Mexico, le 29 novembre, restera comme une apothéose. Pendant qu'à Paris le Catalan Manuel Valls, Premier ministre, défie François Hollande, l'Andalouse peaufine, à Mexico, son image internationale. Elle profite de son intronisation comme présidente du C40 pour inaugurer une… campagne d'affichage dans le métro en faveur de Paris. En compagnie de Miguel Mancera, maire de Mexico, une des villes les plus encombrées et polluées du monde, elle lance l'opération *Nuevo Paris* dans la principale station de métro, qui porte le nom de Miguel Hidalgo, le père de l'indépendance du pays. Cette homonymie nourrit les commentaires de la presse et facilite la promotion d'un Paris « propre et débarrassé de la pollution ».

En même temps que les voyages, Anne Hidalgo a pris goût aux tête-à-tête avec les grands de ce monde. C'était flagrant lors de la COP21, l'occasion d'un grand ballet diplomatique. Elle a tout fait pour diriger les projecteurs sur elle et capter une partie de cette réussite. À côté des quelque sept cents maires présents, on l'a vue avec l'ancien vice-président Al Gore, le secrétaire général de l'ONU Ban Ki-moon, l'ancien maire de New York Michael Bloomberg, mais aussi avec des vedettes hollywoodiennes comme les écolos patentés Robert Redford et Leonardo DiCaprio, lequel vise, à terme, le poste de gouverneur de Californie.

Nul n'est besoin d'être sorcier(ère) : comme Jacques Chirac avant elle, l'élue a compris tous les bénéfices qu'elle pouvait tirer, à titre personnel, de l'image de Paris, présenté désormais non plus comme la capitale de la France mais comme une « ville-monde ». Lorsque Barack Obama vient se recueillir devant le Bataclan, elle est forcément là ! Et le président américain l'enlace ! Ô joie, ô consécration ! Anne Hidalgo veut rencontrer tous les puissants du monde. Du pape François, qu'elle a vite accroché à son palmarès, à Patrick Pouyanné, l'éruptif patron de Total, en passant par Carlos Ghosn, le président de Renault. Elle voit ces deux-là dans le cadre d'un groupe consultatif sur la sécurité routière créé par la Fédération internationale de l'automobile, dont le siège est place de la Concorde. Il est piquant de constater que celle qui veut chasser les voitures de Paris siège en compagnie des richissimes patrons de l'automobile et du pétrole, activités qu'elle dénonce en permanence.

Certains contacts sont plus valorisants que d'autres. C'est bien entendu le cas du jeune et séduisant travailliste Sadiq Kahn, élu maire du Grand Londres. Anne Hidalgo court pour être la première à lui rendre visite, estimant qu'en tant que « premier maire musulman d'une grande capitale européenne, progressiste, humaniste et démocrate », il était « un exemple pour tous ». S'ajoute à ses clichés sur les gays l'image d'Épinal du musulman élu, démocrate, jeune et rassurant ! Sadiq Kahn s'empresse à son tour de venir à Paris. Le 25 août 2016, il arrive par l'Eurostar. À la descente du train, Anne le prend dans ses bras comme s'ils s'étaient toujours connus, souriants, heureux de se retrouver. Les deux « amis » dégoulinent de bons sentiments réciproques et rappellent leurs points communs : maires de deux des plus grandes villes du monde, ils sont tous deux des « enfants d'immigrés ».

« L'élection de Trump est une très mauvaise nouvelle pour la planète », avait déclaré Anne Hidalgo aux étudiants de Paris-Dauphine, avant de s'envoler pour la COP22 de Marrakech. Puis elle avait rajouté, prémonitoire : « Les villes sont un bon contrepoids pour montrer que le monde ne va pas s'organiser autour des peurs de Donald Trump. » L'ex-baba cool fait là la démonstration de son penchant à se mettre dans le sens du vent. Même si elle en rêve pour 2022, elle n'est pas présidente de la République. Quel bénéfice pense-t-elle tirer pour sa ville de ses attaques contre le président des États-Unis ? Les voyages, la fréquentation des riches et des puissants lui auraient-ils tourné la tête ? Elle a traité jusqu'au bout par le mépris et la raillerie ceux qui fréquentaient encore la rue de Solferino. Ainsi que les ministres socialistes du dernier quinquennat. Tout comme Manuel Valls, Premier ministre qu'elle ne supportait pas, ou François Hollande son bienfaiteur, et ce, dès novembre 2014. Le chef de l'État, qui revient de voyage, lâche sur TF1 qu'il aimerait bien voir les Jeux olympiques de 2024 se tenir à Paris. Surprise : cette déclaration somme toute banale, positive, et qui n'engage pas à grand-chose, déchaîne sa fureur. C'est le monde à l'envers : le président a commis vis-à-vis de la maire de Paris un crime de lèse-majesté ! Elle convoque une conférence de presse dès le lendemain pour dire tout le mal qu'elle pense de cet engagement, pris sans l'avoir consultée. On connaît la propension qu'avait l'ancien chef de l'État à se laisser marcher sur la tête par tous ceux dont il a fait la carrière – c'est particulièrement net avec Anne Hidalgo à laquelle il passera, en fin de mandat, tous les caprices. Mais il y a des limites que ne discerne plus la maire de Paris, élue six mois plus tôt : François Hollande restait, à l'époque, le chef d'un État qui paiera l'essentiel de la note des JO et qui, aux dernières nouvelles, englobe toujours Paris !

5

Bombay-sur-Seine

Peu après le vote des Britanniques en faveur du Brexit en juin 2016, Anne Hidalgo annonce vouloir « faire de Paris la première place financière européenne » en « respectant toutefois son identité et ses valeurs » (*sic*). Non seulement, en ce temps-là, la pollution aura disparu ou presque, mais une autre révolution sera à l'œuvre. Elle l'appelle de ses vœux : « La finance, oui, mais une finance éthique et innovante, qui respecte les règles fiscales [...], où les investisseurs verdissent leurs placements en veillant à réduire l'empreinte carbone et l'impact sur le climat de leurs portefeuilles », ajoute-t-elle, sans rire. Aux golden boys qu'elle souhaite faire venir à Paris, elle propose... « des logements pour les salariés, un passe Eurostar, un passe unique Navigo, des abonnements couplés à Vélib et à Santander Cycles ainsi que des services à la carte tels que des entrées dans les musées parisiens ». Quelle a été la réaction des grandes banques cherchant à quitter Londres ? Fuir Paris !

Car, dans la vraie vie, que se passe-t-il ? Lorsqu'ils viennent dans la capitale, les Britanniques, les Hollandais, les Scandinaves et une grande partie des Allemands débarquent gare du Nord. Or la plus grande gare d'Europe est hostile, dangereuse et sale – les clochards, les voyous et les dealers y font la loi. Les rats prolifèrent. Arrivée directe dans le tiers-monde. Le quartier de la gare du Nord, c'est un peu Bombay, mais le Bombay d'il y a vingt ans ! Un quartier sale où, par surcroît, les femmes sont régulièrement agressées. Remarques déplacées, injures, provocations : « Autour des gares de l'Est et du Nord, le harcèlement de rue, parfois très agressif, à l'égard des femmes est devenu au fil des années un problème de plus en plus préoccupant », constate *Le Parisien.*

En mai 2017, une pétition a été lancée : « Les femmes, une espèce en voie de disparition au cœur de Paris. » Elle a été signée en quelques heures par 4 000 femmes ! « J'ai souhaité que le harcèlement des femmes, dans ces quartiers fréquentés où la population masculine est très représentée, fasse l'objet d'une action particulière », avait affirmé quelques mois auparavant Rémi Féraud, le maire (PS) du 10e arrondissement, adepte, comme Anne Hidalgo, de la novlangue et de l'inaction. Les solutions ? On tombe de sa chaise : pour faire reculer le harcèlement sexiste, la mairie préconise, selon *Le Parisien,* « une plus grande recherche de la mixité dans l'ensemble des activités éducatives, en partenariat avec les associations, mais également la SNCF et la RATP ». Est-ce tout ? Non : « Enfin, la mairie du 10e compte multiplier les réunions de travail sur ce thème mais également organiser des marches exploratoires dans les quartiers les plus concernés, en compagnie de femmes, pour sensibiliser les auteurs de harcèlement. »

La maire de Paris a réagi, elle aussi, à la pétition des habitantes de la place de la Chapelle. Comment ? En promettant que la situation allait s'améliorer ! Les précisions, ce sera pour plus tard. A-t-elle oublié le temps où, jeune fille, elle fréquentait la Librairie des femmes, place des Célestins à Lyon ? Quand délit il y a, n'envisage-t-elle pas tout simplement d'arrêter et de sanctionner les délinquants ? De se décider à créer une police municipale à Paris comme ailleurs ?

Un chaos total entoure désormais les gares du Nord et de l'Est : impossible d'y arriver, problématique d'en sortir. Impossible de monter dans les taxis, relégués au sous-sol : les nouveaux aménagements décidés par notre Reine des bouchons n'ont fait qu'aggraver la situation, la gare n'est plus accessible, il y a des sens interdits partout. Résultat : ils ne sont plus respectés. En mars 2017, la mairie s'est résolue à réorganiser la circulation autour des gares de l'Est et du Nord : celle mise en place depuis dix-neuf mois avait rendu fous les riverains. Mais c'est parti pour être pire !

Paris est une grande et belle ville mais, problème, de plus en plus visible, c'est une ville sale parce que mal entretenue. Si mal entretenue que des tours opérateurs, à la demande de la mairie, nettoient régulièrement le parvis de la place du Trocadéro, face à la tour Eiffel, tandis qu'une association de Japonais de Paris fait le ménage, tour à tour, dans différents quartiers de la capitale ! Inouï, alors que la Ville emploie 53 000 salariés ! Voire près de 60 000, si on en croit Serge Federbusch, qui reproche à la maire d'avoir embauché près de 10 000 agents depuis son élection. Et parle d'un « flou artistique » à propos des « nébuleuses de sociétés d'économie mixte » dont on ne tient jamais compte. Officiellement, la mairie estime à

7 000 le nombre de ses « éboueurs, balayeurs et conducteurs encadrants ».

On touche là les limites du système Hidalgo, aussi bonne communicante que piètre gestionnaire. Après avoir municipalisé la collecte des ordures en 2003, pour des raisons idéologiques affichées, en 2008, Bertrand Delanoë avait confié au privé le nettoyage de plusieurs arrondissements, pour créer concurrence et émulation. Mais le balayage a toujours été laissé en jachère. Pour Anne Hidalgo, pas question de repenser le système, de le privatiser en tout ou partie, ni même de procéder à des expérimentations auprès de groupes privés, avec cahier des charges et rémunération en fonction du volume de papiers et de déchets ramassés.

Tous les témoignages convergent : englués dans un système quasi soviétique, la productivité des agents municipaux est ridiculement faible. « Ils fument des clopes, jettent leurs mégots par terre et usent mollement du balai, protégés qu'ils sont par leur statut », affirme Serge Federbusch. « Les rues sont souvent plus sales après le passage des éboueurs qu'avant », confirme Florence Berthout, maire (LR) du 5e arrondissement, qui s'est plusieurs fois employée à suivre les tournées des agents municipaux : « Ceux-ci ouvraient des yeux ronds quand je ramassais un papier qui leur avait échappé ; jamais leur encadrant, bras croisés, ne se serait abaissé à faire ça ! » Et d'expliquer que les rues étant attribuées, les intersections sont laissées à l'abandon.

« Papiers sales, longues traînées de graisse devant certains commerces, dépôts sauvages, emballages, canettes de bière et morceaux de verre jonchent le sol, écrit

Dominique Feutry, membre du Réseau Vivre Paris !. Des poubelles d'immeubles souvent très sales sont de plus en plus laissées à l'extérieur. L'entretien du pourtour des arbres est abandonné, les déjections y pullulent. C'est devenu l'état ordinaire d'un Paris mal entretenu qui désole ses habitants. Que dire aussi des épanchements d'urine qui se multiplient, laissant cette odeur si désagréable qui s'ajoute à celle des gaz d'échappement des véhicules ? Paris devient une décharge. À quoi servent les sommes versées par les Parisiens au titre de la taxe de balayage et de la taxe d'« enlèvement des ordures ménagères » ?

Dans le quartier Château-Rouge, au pied de Montmartre, toutes les limites ont été dépassées avec la vente sauvage, dans la rue, de vêtements contrefaits, de téléphones volés, de maquillage, de poissons boucanés et de toutes les nourritures exotiques – viande de brousse et d'animaux sauvages – dignes d'un marché du tiers-monde. Dans ce carrefour des cultures, les habitants doivent enjamber les détritus, dans une odeur pestilentielle, pour rentrer chez eux, en se faisant souvent invectiver. Taxis, artisans, pompiers ne passent plus. Excédés, les habitants ont porté plainte en 2014 contre le préfet, pour manquement « dans l'exercice de sa mission de sécurité » et contre la maire « dans sa mission de maintien de la salubrité publique ». Un jugement favorable en première instance a été confirmé en appel, en avril 2017. La mairie a été désavouée. Reconnus victimes, les habitants ont reçu la somme symbolique de 3 000 euros. Mais il n'y a aucune illusion à se faire : tout continuera comme avant !

Partout, la grogne monte. Les Parisiens ne comprennent pas pourquoi leur Ville Lumière est désormais envahie par les rats. Sainte Anne ne peut plus fuir la réalité. Alors, que fait-elle ? Elle publie des communiqués de victoire. Un jour elle se félicite de la dératisation du square de la tour Saint-Jacques, un autre jour, de celle du square Carpeaux, dans le 18e arrondissement, particulièrement touché, comme tout le nord de Paris. Car les squares, les jardins municipaux envahis, doivent être fermés les uns après les autres pour être dératisés, avec des produits chimiques agressifs et polluants, à côté desquels le dioxyde d'azote et les particules fines ont la dangerosité de l'eau de Cologne.

Et voilà que reviennent les punaises ! Elles « envahissent Paris, les appartements, les lits, les sommiers, les meubles et... piquent les jambes, les mains des Parisiens », telle Rose, locataire dans une HLM du 18e arrondissement de la RIVP (Régie immobilière de la Ville de Paris) qui « dort depuis deux ans avec des gants et des chaussettes[1] ». La RIVP a lancé une campagne de communication et d'affichage en direction des gardiens d'immeubles et des locataires : « Éradiquer les punaises, c'est urgent ! » *Le Parisien* révèle que, voyant ce nouveau marché, certaines sociétés de désinfection, « plus habituées aux problématiques souris, rats et cafards, s'équipent, se forment et se sont même lancées dans l'élevage de chiens renifleurs de punaises ».

Sales, les rues de Paris n'ont jamais été aussi mal entretenues. Alors que les boulevards haussmanniens, bombés, étaient prévus pour que la pluie lave la chaussée et ruisselle dans les caniveaux, tous les séparateurs et autres murets installés par Delanoë et Hidalgo pour faciliter, paraît-il, la

1. *Le Parisien*, 1er avril 2017.

circulation, sont un facteur de crasse, d'accumulation des déchets et de dégradation du macadam. Place de la Concorde, rue Royale, boulevard Saint-Germain, boulevard Malesherbes, dans ces lieux prestigieux, chargés d'histoire, on assiste même au retour des nids-de-poule, comme dans les faubourgs de N'Djamena. La voirie ne fait plus son travail. Comparez les passages protégés pour les piétons à Londres et à Paris : outre-Manche, ils sont visibles, d'un blanc agressif, éclairés jour et nuit, surmontés de boules orange clignotantes ; à Paris, les passages sont nombreux et banalisés, leurs bandes blanches sont souvent effacées, rarement repeintes. Normal que les piétons s'y aventurent avec prudence, puisque les automobilistes risquent de ne pas les voir ! Les trottoirs ne sont pas toujours sûrs : « Entre 2014 et 2016, la mairie a été obligée d'augmenter de 400 000 euros ses provisions pour les contentieux liés aux accidents dus au mauvais entretien des trottoirs », affirme Florence Berthout, la maire du 5e arrondissement.

« C'est sur la propreté de Paris, pas sur les entraves à la circulation, que le fossé risque de s'élargir entre Anne Hidalgo et ses électeurs, nous confie un(e) de ses adjoints(es), soucieux(se) de son anonymat : elle le sait d'ailleurs mieux que personne. » Selon la mairie, 35 400 PV pour malpropreté ont été délivrés en 2016 contre 25 000 en 2014, dont 1 000 pour jet de mégot, 1 205 pour crotte de chien, 1 297 pour épanchement d'urine et 4 509 pour dépôt d'encombrants sur la voie publique. Les agents municipaux ramassent 150 tonnes de mégots par an et effacent 260 m^2 de graffitis. Que faire ? La seule chose qu'elle maîtrise, communiquer.

« Paris n'est pas encore parfaitement propre[1] », annonce Anne Hidalgo avec un sens de l'euphémisme remarquable, avant de dévoiler ses dix nouvelles dispositions pour lutter contre la saleté des rues dans la capitale. Parmi celles-ci, l'embauche de 100 agents supplémentaires s'ajoutant aux 260 recrutés depuis 2014, avec des « responsables de quartier dotés d'un téléphone, joignables par les habitants et les maires d'arrondissement ». La maire promet l'achat d'aspiratrices de trottoir, de laveuses avec lancier et de micro-aspiratrices, nouveaux engins « moins bruyants et non diesel » ! Plus de 22 millions d'euros seront consacrés à ces nouveaux aspirateurs pour les 40 000 tonnes de feuilles mortes qui « pourraient être valorisées ». Volet répression : des enquêteurs, sur dénonciation, vont être chargés d'identifier les auteurs de dépôts sauvages, « un peu comme la police sur les scènes de crime », ose celle qui ose tout, en cherchant à se défausser de ses propres responsabilités sur le thème : « La propreté c'est l'affaire de tous. » Suit la litanie des phrases creuses, avec l'organisation, bien sûr, de « conférences citoyennes » pour faire « émerger de belles propositions ».

Petit problème : ce plan est un copié-collé de celui qu'Anne Hidalgo a présenté l'année précédente, en 2016, devant le Conseil de Paris qui, il est vrai, l'écoute généralement d'une oreille distraite, tant sont fastidieux ses discours écrits par d'autres et ânonnés de sa voix monocorde. « Comme elle est ennuyeuse, personne ne l'écoute, raconte Jean-François Legaret, le maire d'opposition du 1er arrondissement. À la différence de Delanoë

1. Dans *Le Journal du dimanche*, 12 mars 2017.

que je combattais mais qui avait de l'autorité, du talent et un peu d'éducation, elle n'a rien de tout ça et sombre dans l'autoritarisme comme une maîtresse d'école incapable d'obtenir le silence dans le brouhaha. »

Dans son délire de communication instantanée, la maire de Paris n'imagine pas que ses administrés, anéantis par les microparticules, puissent avoir de la mémoire. Elle est victime de sa propre impuissance. Car la solution n'est évidemment pas de dépenser des crédits supplémentaires en recrutant encore plus de fonctionnaires. « Ce n'est pas en créant une armée mexicaine équipée de balais que l'on garantira la propreté, se moque Serge Federbusch. Jamais Anne Hidalgo ne prendra le risque de s'attaquer à la productivité et à l'efficacité, de peur de déclencher un mouvement de grève. »

La maire n'a pas d'autorité, mais a un sens aigu de la hiérarchie. Après le nettoyage, pour le moins éprouvant, du Bataclan et des bars mitraillés par les terroristes le 13 novembre 2015, elle a reçu dans son bureau les agents chargés de cette tâche. « On avait eu droit à une part de quatre-quarts et à un jus d'orange », se souvient l'un d'eux, cité par *Le Parisien*[1]. Mais ces agents ont appris plus tard que leurs 976 chefs ont reçu, eux, 550 000 euros sous forme de prime, alors qu'ils n'ont jamais mis les pieds sur le terrain, n'ont pas vu une goutte de sang. C'est sans doute ce qu'elle considère comme une vision de gauche de la société.

---

1. *Le Parisien*, 20 février 2017.

6

Parcours d'une enfumeuse

Anne Hidalgo entretient, c'est peu de le dire, un lien complexe avec la réalité. En mai 2016, elle affiche sa compassion envers les migrants qui, chassés de Calais, déboulent à Paris : « Je suis née à Cadix, près du détroit de Gibraltar, raconte-t-elle au *Monde* Festival : j'ai vu pendant des années des associations ramasser, sur les côtes espagnoles, les corps de ceux qui partaient depuis le Maroc dans des petits bateaux pneumatiques. » Quelle vue ! Quelle mémoire ! Car cette femme brillante a quitté la banlieue de Cadix alors qu'elle avait… deux ans. Prise en flagrant délit de mythomanie. Ce n'est là qu'un des petits arrangements avec la vérité dont la maire de Paris est coutumière, notamment lorsqu'il s'agit de raconter son passé. Dans son livre, *Une femme dans l'arène*[1], elle cite ses parents comme des « républicains convaincus qui ont fui le franquisme ». Ce qui a mis en fureur Manuel Valls, d'origine catalane, dont les parents, eux, ont fui l'Espagne de Franco.

---

1. Anne Hidalgo, Jean-Bernard Senon, *Une femme dans l'arène*, éditions du Rocher, 2006.

Cette belle histoire romanesque d'une femme de gauche ne résiste pas à l'examen. Dans le journal *El País*, elle livrera une version plus proche de la réalité : « Les problèmes socioéconomiques, conséquences du plan de stabilisation de 1959, ont conduit mon père à franchir à nouveau la frontière française. » Elle sera plus claire en recevant les insignes de commandeur de l'ordre d'Isabelle la Catholique : « Je souhaite dédier cette distinction à mes parents [...]. Ils sont tous deux des enfants de la guerre, nés sans doute à un des plus sombres moments de l'histoire espagnole. Mes grands-parents ont été exilés puis, après un retour douloureux, mes parents ont émigré et choisi la France pour y élever leurs enfants. »

Elle mélange allégrement l'histoire de ses parents, exilés pour des raisons économiques, ce qui est parfaitement honorable, avec celle de ses grands-parents, pris, eux, dans le tourbillon de la guerre civile. « En 1937, pour échapper à la montée des troupes fascistes, le grand-père paternel, républicain, traverse les Pyrénées à dos de mulet avec sa famille », écrit-elle sur son site. Intendant d'un vaste domaine dans la province de Cadix, grand-père Hidalgo a traversé tout l'est de l'Espagne, alors sous contrôle républicain, pour venir en France. Fuir la guerre fut un acte de prudence parfaitement compréhensible – il nous a permis de profiter de l'allant et des qualités de sa petite-fille –, mais rien d'autre.

En 1939, alors que la guerre civile espagnole se termine et qu'Hitler s'apprête à envahir la France, la famille s'en retourne d'ailleurs en Espagne, passée sous la coupe du Caudillo, comme on appelait alors Franco. Sa grand-mère est-elle morte sur le chemin du retour, « victime des sévices fascistes », comme elle le dit ? En réalité, la grand-mère et la tante d'Anne Hidalgo sont mortes, par accident, pendant le voyage de retour. Un retour douloureux. « Son grand-père, militant socialiste pendant la guerre civile, qui participa à l'exécution d'un notable franquiste, frôla la mort, connut la prison », peut-on lire dans *Le Nouvel Observateur*[1]. Un an auparavant, dans *El País*, Anne Hidalgo précise que son grand-père « a écrit au maire de son village, le propriétaire de la grande exploitation dont il avait été l'intendant. Le maire lui a promis d'assurer sa sécurité [...]. Veuf avec quatre enfants, mon grand-père a dû faire face à une double condamnation à mort. Il a été jeté en prison, mais, grâce à la protection promise, la sentence n'a pas été exécutée ».

Antonio Hidalgo, le père de l'élue parisienne, a alors dix ans. Il refusera toujours, quant à lui, de s'inscrire dans une tradition révolutionnaire : « J'ai longtemps été considéré comme un fils de rouge, mais je n'acceptais pas, je me rebellais », déclarera-t-il à *VSD*. À dix-sept ans, après avoir travaillé dans les champs, il s'engage dans la marine marchande espagnole où il rencontre et épouse Maria Aleu, une jeune couturière. Il intègre ensuite les chantiers navals de la ville comme électricien et le jeune couple donne naissance à deux filles : Maria, née en 1957, et Ana, le 19 juin 1959.

En 1961, le frère d'Antonio, venu en France pour aspirer à une vie meilleure, le convainc de le rejoindre à Lyon où il est installé. La famille occupe d'abord un modeste deux-pièces avant d'emménager dans une des barres de

1. *Le Nouvel Observateur*, 31 octobre 2002.

la Duchère, construite à la va-vite pour accueillir le flux des pieds-noirs. Mais il y a une salle de bains et les filles ont chacune leur chambre.

La famille s'intègre vite. À la Duchère, elle côtoie les Fernandez et notamment leur fils, Luis. L'ex-star du foot garde de bons souvenirs des Hidalgo : « On les croisait souvent sur le marché et on était proches en tant que familles d'immigrés espagnols. » Antonio travaille comme électricien dans une entreprise lyonnaise où il devient contremaître, s'engage à Force ouvrière. Au lycée Jean-Perrin dans le 9e arrondissement de Lyon, on se souvient d'Ana comme d'une jeune fille « timide mais douée ».

Brillante, Maria, sa sœur aînée, fait la fierté de papa Hidalgo. En classe, avec les fils jumeaux de son patron, elle rafle toujours la première place et remporte plusieurs prix d'excellence. Elle veut devenir fonctionnaire. Un jour, Antonio est convoqué par le proviseur qui l'informe que certains concours de l'administration ne sont pas ouverts aux étrangers. La famille va donc demander la nationalité française. Qui lui sera accordée en 1973. Les prénoms des filles sont alors francisés : Maria devient Marie, puis Mary depuis qu'elle est partie gérer une entreprise de jouets à Los Angeles. Ana devient Anne. Sa nouvelle identité change du tout au tout sa personnalité. La petite immigrée espagnole s'identifie à Marianne : une Française libre et engagée.

En rupture avec son père, durant ses années de lycée, elle fréquente la Librairie des femmes place des Célestins à Lyon. Elle y découvre *Le Deuxième Sexe* de Simone de Beauvoir qui lui révèle que les filles ont autant de droits que les garçons. « À condition qu'elles se battent pour qu'il en soit ainsi. » Anne manifeste avec les féministes en criant : « Oui patron, oui papa, oui chéri, c'est fini ! »

« À dix-huit ans, elle fuit les idées rétrogrades espagnoles de son père, confie Marie-Ève Malouines, auteure de *Paris de femmes*[1] : elle quitte la Duchère, loue un studio qu'elle repeint en mauve et fait des petits boulots, parallèlement à ses études de droit. En s'inscrivant à l'université Lyon-3, elle rencontre son futur mari. » Philippe Jantet, cheveux longs, allure de Che Guevara, fils d'un ouvrier du livre CGT, se dit maoïste, opposé aux staliniens du parti communiste. Selon leurs copains de l'époque, ils forment un couple fusionnel : passionnés, engagés, indignés. Ils sont de toutes les manifs.

On le surnomme Fifi et elle Nini. Un diminutif qu'elle tricote sur ses pulls roses, alors son signe distinctif. Nini, la radicale ! Un jour de manif, place Bellecour, contre les lois Saunier-Seïté, Nini défie les CRS, qui l'embarquent au commissariat. Pour l'en sortir sans risquer d'être arrêté à son tour, Fifi contacte un élu municipal d'origine espagnole qui la fait libérer au nom de la solidarité antifranquiste. Fifi vit chez Nini, ils refont le monde, avec leurs copains, autour d'un plat de pâtes. À la vie, à la mort, rien ne peut les séparer. Ils se marient à vingt ans.

Quand, deux ans plus tard, en 1981, François Mitterrand arrive au pouvoir, Anne voit s'ouvrir ses perspectives d'avenir au sein de la haute administration. Philippe, jeune diplômé d'un DEA en droit public, fait la connaissance de Pierre Grange, fabricant de meubles et maire d'une commune des monts du Lyonnais. Il recherche un juriste

1. Marie-Ève Malouines, *Paris de femmes*, Fayard, 2014.

au sein du syndicat intercommunal qui regroupe une trentaine de villages des alentours de sa mairie. Fin des petits boulots. Le couple part s'installer à Saint-Symphorien-sur-Coise. Pendant que Fifi assure le quotidien du ménage, Nini, titulaire d'un DEA en droit social et syndical, continue ses études pour préparer le concours d'inspecteur du travail, avant d'adhérer à la CFDT. À la campagne, ils mènent une vie baba cool, optent pour le look hippie, avec leur gros chien.

Tous les jours, au volant de sa Coccinelle jaune, Anne rejoint l'institut du travail à Lyon. Elle rate le concours d'inspectrice du travail mais l'obtient l'année suivante, en 1982. Elle veut fuir le monde rural, qu'elle ne supporte plus. Mais elle ne veut pas revenir à Lyon, qui n'est déjà plus à sa mesure. Son rêve, Paris, devient réalité quand un poste se libère à Chevilly-Larue, dans le Val-de-Marne. Décontenancé, Fifi est mis devant le fait accompli. Comme il refuse de la suivre à Paris, elle lui balance l'argument qui tue : pour lui elle s'est mise au vert durant deux ans, à avaler cent kilomètres par jour au volant de sa Coccinelle. Son tour est venu. Ils vont reprendre un appartement à Lyon. À Paris, elle habitera chez sa sœur, dans le 15e arrondissement. Il la rejoindra les week-ends. Ce n'est pas négociable. Philippe s'incline. Seule à Paris, Anne s'éclate. Soucieuse de ne pas être perçue comme provinciale, elle se hâte d'immatriculer sa voiture en « 75 » et, sans se soucier des particules fines, s'entraîne à tourner sans fin, a-t-elle raconté à Marie-Ève Malouines, sur la place de l'Étoile !

Elle sort dans les endroits branchés, se fait de nouveaux amis. Philippe ne veut pas la perdre. Les allers-retours Lyon-Paris n'ont qu'un temps. Il monte à Paris où, avec sa belle-sœur Marie, il crée une entreprise financée… avec un crédit automobile. Cette fois, c'est le salaire d'Anne qui assure le quotidien du couple. Philippe s'inscrit au Parti socialiste. Anne aspire à fonder une famille. En 1986, elle donne naissance à Mathieu, aujourd'hui avocat, et, deux ans plus tard, à Elsa.

Infondée, une rumeur enflammera plus tard Internet : Elsa Jantet serait la fille… de François Hollande. Anne Hidalgo a mandaté un avocat pour mettre Twitter en demeure de supprimer les tweets malveillants dans un délai de trois jours, en menaçant le réseau de poursuites judiciaires. Dans son émission « Le Divan » [1], Marc-Olivier Fogiel posera tout net la question à la maire de Paris, qui répond :

– Des conneries comme celle-là [...], je ne les commente même pas.

– Mais ces rumeurs, comment les avez-vous vécues ?

– J'ai une carapace car j'ai appris à prendre de la distance avec ce genre de chose. Mais mes enfants n'ont pas choisi d'être des personnages publics et ne sont pas armés face à ces machines à détruire.

– Toutefois, est-ce que ça vous a atteint personnellement ?

– Non, mais ça m'a évidemment atteinte de voir mes enfants souffrir.

Au début des années quatre-vingt-dix, la petite famille ronronne. Voilà neuf ans qu'Anne est inspectrice du travail : elle commence à tourner en rond, y compris sur le

1. « Le Divan » du 7 avril 2015.

plan privé. « Le couple reste complice mais la passion amoureuse laisse place à la tendresse », raconte Marie-Ève Malouines. Ils divergent : elle affirme ses ambitions alors que lui aspire à une vie plus tranquille. En 1993, elle intègre la délégation à la formation professionnelle, au ministère du Travail. Son engagement à la CFDT la rapproche du Parti socialiste auquel elle adhère, deux ans plus tard, pour renouveler la gauche après sa défaite aux législatives.

« Je suis entrée progressivement, très progressivement, en politique, avec parfois beaucoup d'hésitations, tant ce monde m'apparaissait brutal, masculin », écrit Anne Hidalgo sur son site. Brutal, mais utile à ses ambitions. En 1995, la voilà chef de mission dans son ministère, en poste au Bureau international du travail, à Genève. Un rapide passage en Suisse qu'Anne Hidalgo n'aime pas évoquer. Pas plus que sa bifurcation soudaine vers le privé. Alors qu'elle est toujours inspectrice du travail en titre, elle se fait en effet détacher à la Compagnie générale des eaux, où elle aurait signé un accord sur les 35 heures, avant même la loi Aubry. « La période fut enrichissante, même si la pression était bien plus forte qu'au ministère du Travail, où la culture syndicale et la liberté d'action rendent la tâche plus agréable », écrit-elle dans son livre autobiographique[1].

Elle va vite retrouver les joies simples de la fonction publique grâce au Parti socialiste qui, en 1997, gagne les législatives et signe son retour au pouvoir. L'ambitieuse contacte aussitôt Martine Aubry, sa « camarade » de la

1. *Une femme dans l'arène*, Éditions du Rocher, 2006.

CFDT, promue ministre de l'Emploi et de la Solidarité du nouveau gouvernement de Lionel Jospin. La n° 2 du gouvernement l'embauche à son cabinet comme conseillère technique. Qui se ressemble s'assemble. Les deux femmes de caractère deviennent proches. Anne considère Martine comme sa grande sœur et sa bonne fée car, à son cabinet, elle va rencontrer deux hommes qui vont faire basculer sa vie : Jean-Marc Germain et Bertrand Delanoë.

Polytechnicien sûr de lui, Jean-Marc Germain a quitté la direction de la prévision au ministère de l'Économie et des Finances pour rejoindre le ministère de l'Emploi comme conseiller, avant d'être promu directeur adjoint du cabinet de « la Dame des 35 heures ». Lyonnais comme Anne, mélomane, issu d'une bonne famille de scientifiques, il ne milite pas au PS. Et voilà que ce fonctionnaire sans fantaisie tombe amoureux de cette femme volcanique, de sept ans plus âgée que lui. Le courant passe entre eux.

Problème : Anne est toujours mariée à Philippe Jantet, membre de la section du PS du 15e arrondissement. En cette fin des années quatre-vingt-dix, avec ses camarades, ils veulent rallier l'Espagne à la social-démocratie en créant un jumelage avec Barcelone. Pour faciliter les contacts avec la gauche catalane, Jean-Jacques Danton, le responsable de la section, fait appel à l'épouse bilingue de Jantet. Alors qu'approchent les élections municipales de 2001, les socialistes sentent qu'ils peuvent s'emparer de la Mairie de Paris. Les fabiusiens poussent Jack Lang, les jospinistes Bertrand Delanoë. Un clivage qui traverse toutes les sections. Comme tête de liste dans le 15e, Laurent Fabius impose son ancienne conseillère

Pervenche Berès. Le clan Jospin doit répliquer, en poussant une femme. Laquelle ? Danton propose Anne Hidalgo à Daniel Vaillant, proche de Jospin et de Delanoë. « C'est moi qui l'ai présentée à Bertrand Delanoë, à la demande de Martine Aubry, qui m'avait demandé de jouer les intermédiaires, nous confirme Vaillant. On lui a calé un quart d'heure, il lui a consacré une demi-heure. »

Sa carrière progresse gentiment : depuis 1998, elle est directrice adjointe au cabinet de Nicole Péry, secrétaire d'État aux Droits des femmes et à la Formation professionnelle, puis, en 2000, conseillère technique au cabinet de Marylise Lebranchu, garde des Sceaux – parfait pour battre la campagne au féminin. En 1999, elle divorce et, contre toute attente, décroche la tête de liste socialiste du 15e arrondissement : c'est le départ de sa carrière politique. Car, quel que soit le résultat, c'est pour elle l'assurance d'être conseillère de Paris.

Comment l'inspectrice du travail en disponibilité a-t-elle pu bousculer ainsi les caciques de la section socialiste, où « les ambitieux doivent faire leurs classes, avaler des couleuvres, pour, au bout de dix ans, rester à l'état de sushi » ? comme le dit drôlement Serge Federbusch, le créateur du site Delanopolis. Jean-Marie Le Guen confirme que les sections socialistes sont des mondes clos où il ne fait pas bon être un intrus. Sans l'appui déterminé, constant et inflexible des vrais chefs, c'est *no pasarán.* On ne passe pas. Federbusch, que Bertrand Delanoë nommera adjoint à l'urbanisme et aux transports, confirme qu'Anne Hidalgo a été imposée par François Hollande, premier secrétaire du PS. François Hollande qu'en 1998 Anne Hidalgo a rencontré en

Corrèze, par l'intermédiaire de Michèle Sabban, qu'elle a remplacée au pied levé. C'est ce soutien constant du premier secrétaire du PS, puis du président de la République, qui propulsera la militante au sommet.

En 2001, enceinte de Jean-Marc Germain, Anne Hidalgo prendra conscience des effets dévastateurs de la rumeur « lorsque Ségolène Royal l'invitera à dîner un soir avec François Hollande et leur fille Flora », confie dans son livre Marie-Ève Malouines. Le couple Hidalgo-Germain comprend alors que l'objet de ce repas a pour seul but de rassurer Flora Hollande : son père n'est pas le géniteur de la fille d'Hidalgo ! Ce qui n'exclut pas qu'elle ait pu avoir une forte influence sur François Hollande, qui a cédé à tous ses caprices pendant de nombreuses années, jusqu'à son départ de l'Élysée. La vérité, c'est qu'elle lui faisait peur !

Prenant de la hauteur, Nathalie Kosciusko-Morizet, qui affrontera Anne Hidalgo pour la conquête de la mairie de Paris en 2014, préfère souligner son talent d'apparatchik pour expliquer sa percée : « Elle n'a pas son pareil pour faire son trou dans les situations bureaucratiques les plus compliquées, elle sait se faire bien voir des bonnes personnes aux bons moments. »

« Quand Bertrand Delanoë m'a proposé de l'accompagner dans sa campagne de 2001, j'ai accepté avec enthousiasme », écrit l'intéressée dans son livre. La version de Jean-Marc Germain, son mari, est différente. Il assure que c'est elle qui est allée voir le futur maire en 1999, car elle avait envie de le soutenir. De toute façon, l'ambitieuse réfute ces parrainages. Elle affirme qu'elle s'est imposée en battant la députée européenne Pervenche Berès, victoire obtenue « en allant chercher les voix une à une ».

Une chose est sûre : Anne (Hidalgo) va nouer avec Bertrand (Delanoë) une relation très forte. Challenger, celui-ci n'a pas le charisme du favori, Jack Lang. Elle trouve les mots pour le flatter, le rassurer et le booster, dans ce rapport de mère à enfant, apaisante et compréhensive, dont elle est coutumière avec certains de ses proches.

En 2001, la jeune pistonnée se retrouve donc face à la liste UMP rassemblée autour d'Édouard Balladur et du maire sortant, René Galy-Dejean. Elle est battue au second tour avec 41,12 % mais, par la magie d'un scrutin de liste, est élue conseillère du 15e arrondissement et entre donc au Conseil de Paris, alors que Bertrand Delanoë, succédant à Jean Tiberi, offre pour la première fois la mairie à la gauche. Celui-ci la nomme première adjointe, chargée de l'égalité hommes-femmes et du bureau du temps, sans toutefois coordonner l'action municipale, ce qui échoit normalement au poste de premier adjoint. Alors qu'elle est encore et toujours inspectrice du travail en titre ! On apprendra qu'elle cumule les traitements.

Plus tard, ce sont les astuces d'une parfaite apparatchik qu'elle cumulera.

7

Paris Potemkine

Cette politique d'enfumage permanent repose sur un talent incontestable, celui d'arranger la réalité à sa façon. Madame la maire a ainsi pour objectif affiché de chasser les voitures de Paris au profit de ce qu'elle appelle, dans sa novlangue inimitable, les « mobilités douces », c'est-à-dire les transports de substitution. De peur d'être catalogués beaufs, on ose à peine rappeler qu'il est plus « doux » de se déplacer à petite vitesse dans les sièges moelleux d'une voiture confortable que serré dans un métro bondé, ou sur un Vélib, dans une voie réservée aux taxis et aux autobus ! Plus doux et surtout moins dangereux : le très écolo préfet Cadot, qui s'est cassé la hanche en Vélib, en sait quelque chose.

Mais l'essentiel est de noyer son projet dans une logorrhée épuisante. À côté de la méthode Cruella, il y a donc la méthode Blanche-Neige, pour instiller dans l'esprit des Parisiens que la voiture, moyen de transport préféré des Français, est un engin dépassé, archaïque et nuisible. C'est le rêve bobo de la Journée sans voiture qu'organise Anne Hidalgo, pour la première fois, le dimanche 27 septembre 2015, à deux mois de la COP21. Pour l'occasion, l'élue a battu le rappel des maires de São Paulo, Bruxelles et Bristol, trois villes qui ont déjà organisé de telles expériences. On est là dans la pure communication. Voilà donc interdite, de 11 à 18 heures, la circulation de tous les véhicules motorisés, y compris les deux-roues et les voitures électriques, dans le centre de Paris, à Montmartre, aux Champs-Élysées, autour du Champ-de-Mars et de la tour Eiffel, ainsi que dans les bois de Boulogne et de Vincennes.

Bien entendu, la voie Georges-Pompidou est fermée, « neutralisée », comme ils disent dans leur horrible langue techno-hypocrite. Mais la préfecture de police a refusé d'étendre l'opération à toute la ville, comme le souhaitait Anne Hidalgo. Celle-ci, néanmoins, ne cache pas son plaisir, l'espace d'un jour, de voir le Paris de ses rêves : ville musée, figée, statufiée et fantasmée. Quel bonheur post-moderne ! Une ville verte silencieuse et paralysée, le rêve ! Les journaux s'émerveillent parce que les Batobus, qui effectuent des navettes sur la Seine, ont baissé leurs prix pour la journée. Partout, lit-on, des « collectifs tenteront de faire profiter au maximum les Parisiens avec des promenades insolites ou des animations gratuites ». Ainsi, Vélib organise un jeu de piste en deux-roues à la recherche de cinq lieux parisiens, signale *Le Figaro*. Excitant, non ? Place de la République, piétons, cyclistes, patineurs ou accros de la trottinette croisent le chemin du « village des alternatives », un « éco-festival » (*sic*) qui propose des solutions pour, cela coule de source, « protéger la planète ».

Bref : on nage dans la félicité bobo. Certains font de la surenchère. Mécontent, *Libération* regrette « les nombreuses dérogations qui ont été autorisées dans un Paris rabougri ». Car les taxis, les bus, les véhicules de secours, de lutte contre l'incendie, de police, de gendarmerie, des douanes et même les camions de livraison et de déménagement sont autorisés à rouler. Trop de dérogations, s'interroge *Libé* : et pourquoi avoir choisi un dimanche ? « Ce n'est pas le dimanche que les Parisiens et les banlieusards vont apprendre à penser autrement leur trajet domicile-travail, déplore le quotidien de gauche. La "journée sans voiture" ressemble dès lors plus à un happening pour touristes qu'à un véritable moment pédagogique à destination des accros de l'auto. » Apprendre à penser autrement ? Moment pédagogique ? Toujours cette manie de laver les cerveaux. Pour désintoxiquer les « accros de l'auto », comme le souhaite *Libé*, le moment n'est-il pas venu de créer une association des automobilistes anonymes où chacun viendrait se confesser d'avoir agressé la planète en se rendant à son travail ?

L'expérience est renouvelée et élargie l'année suivante, le dimanche 27 novembre 2016. Pour la préparer, la mairie de Paris et la profusion des associations écolos qu'elle finance sans retenue ont saturé les réseaux sociaux d'images idylliques : les promeneurs en Vélib, frayant en liberté sous le soleil ; les Parisiens heureux, sans voitures ni pollution ; les voies sur berge illuminées, avec les cyclistes et les coureurs à pied batifolant parmi les badauds libérés des voitures. Les quotidiens et les télévisions ne sont pas en reste. Mais ils font l'impasse sur l'envers du décor : celui d'une ville en plein état d'urgence, quadrillée par des militaires armés et des policiers pointilleux, contrôlant des mini-checkpoints, avec des barrières partout. On montre des jeunes Parisiens béats en rollers, des Parisiennes accortes sur leurs vélos. On cache les vieux, les chafouins, les ronchons, ceux qui ne veulent pas jouer et ceux qui, peu informés des restrictions, doivent présenter des quittances de loyer pour avoir le droit de rejoindre leur domicile en voiture, sans parfois y parvenir. Ce qui est arrivé au réalisateur Bertrand Delais, héros d'un reportage diffusé dans le journal de 13 heures de France 2 – une exception dans l'unanimité médiatique – à qui l'on doit un surnom d'Anne Hidalgo qui fera le titre de ce livre : « Notre-Drame de Paris ».

Objectivement, cette journée sans voiture fut un fiasco. Derrière les images des cyclistes et des coureurs à pied sur les berges de la Seine, il n'y avait à peu près personne. Reconnaissons-le : le temps pluvieux n'y était pas pour rien. « Cela laisse augurer du désert qui va s'installer là, dès lors que le projet de fermeture des voies sur berge sera accompli, écrivait alors Bruno Roger-Petit, éditorialiste à *Challenges*. Hormis quelques jours de grandes chaleurs, ces endroits seront vides de vie. Ce sera le grand désert festif. Et Paris sera embouteillé pour rien. »

La charge du journaliste se poursuit : « Ce dimanche, Anne Hidalgo s'est offert son village Potemkine ; un Paris de pacotille, rose bonbon brillant. Un Paris Disneyland, à l'image de ce clip de Jalil Lespert, "Paris je t'aime", dont la mairie assure la promotion. Tragédie cinématographique. Même les décors du vieux film de Gene Kelly, *Un Américain à Paris*, ont l'air plus vrais que la tour Eiffel, les ponts de Paris, les défilés de mode, les fêtes foraines et les figurants joyeux filmés pour les besoins du Paris Potemkine d'Anne Hidalgo. »

Cette deuxième journée sans voiture sera l'occasion d'une cinglante polémique entre la maire de Paris et Fabrice Éboué. « Paris le dimanche, c'est ça maintenant, plus de voitures, plus de commerçants, et bientôt tu n'auras plus le droit de chier ou de parler », déplore l'humoriste dans une vidéo postée sur Facebook. Cette attaque directe a énervé au plus haut point Anne Hidalgo, qui lui a répondu : « Comme de nombreux internautes, j'ai été particulièrement touchée par votre vidéo. Votre mine désemparée, votre gorge nouée par l'émotion, vos yeux embués de larmes à l'idée terrible de devoir renoncer à votre voiture m'ont fait prendre conscience de la gravité de la situation, ironise la Reine de Paris : quelle épreuve terrible, pour ne pas dire insurmontable, d'être contraint un jour par an, à l'occasion de la Journée sans voiture, de renoncer à son véhicule individuel ! » Elle poursuit, toujours sur le mode un peu pesant de la dérision : « Depuis 24 heures, j'ai donc mobilisé tous nos experts, scientifiques et innovateurs, afin de concevoir une solution qui vous permette, lors de la prochaine journée sans voiture, d'effectuer sereinement votre trajet Paris-banlieue. Je suis heureuse de vous annoncer que LA solution a été trouvée. Elle est expérimentée aujourd'hui même par plusieurs millions d'audacieux Parisiens et Franciliens. » Tous les sites écolos et les journaux flagorneurs s'esbaudissent de la repartie, pourtant moyennement drôle et assez méprisante.

Un peu scolaire. Question humour grinçant, face à Fabrice Éboué, Anne Hidalgo n'est pas de taille. L'humoriste poste aussitôt une vidéo de lui dans un métro plein à craquer dont il sort en invitant sa « très chère Annie Dalgo » à prendre, elle aussi, les transports en commun, et notamment « le RER D, après 22 heures, entre Saint-Denis et Sarcelles ». Il ajoute : « Veuillez excuser à l'avance mes maladresses littéraires, j'écris mes textes seul… Sachez en tout cas à quel point je suis flatté que la maire d'une des capitales les plus renommées au monde prenne le temps de répondre à un saltimbanque… » Dernier coup de pied en forme de post-scriptum : « Maintenant que nous sommes réconciliés, serait-il possible de trouver une place en crèche pour mon fils, nous galérons depuis deux ans ? Encore merci pour votre lettre chaleureuse, la bise à vos conseillers et à votre chauffeur qui m'a bien confirmé que vous ne conduisez jamais ! »

Auparavant, Sandrine Sarroche, une jeune chanteuse pleine d'esprit, avait déjà planté ses banderilles avec sa chanson *Le Métro*, dans laquelle, marchant dans les couloirs souterrains ou assise sur les escaliers, elle fredonne, au milieu de la foule : « Depuis quinze ans que je prends le métro, j'ai jamais vu Anne Hidalgo ! »

Lors de la soirée des Césars, en février 2017, le présentateur humoriste Jérôme Commandeur s'est moqué de l'intéressée, qui se tortillait sur sa chaise, et de son fol espoir de ne pas le voir aborder le sujet des voies sur berge : « Pardon, Madame la maire, d'évoquer ce qui se passe à Paris, on est ravis de mettre deux heures pour faire Concorde-Bastille. On est pare-chocs contre pare-chocs et pour peu qu'il fasse beau, on sort, on fait connaissance, la mairie adore inventer des fêtes, la fête des voisins, la fête des brocantes, la fête des bisous… jusqu'à inventer la fête des automobilistes, un brin de soleil, on claque la bise, on se fait cuire deux trois côtelettes sur le capot, on joue au badminton. Il ne manque plus que Charles Trenet pour se faire la *Nationale 7*. »

Les moqueries permanentes de Catherine et Liliane, dans le Grand Journal de Canal+, celles de Nicolas Canteloup sur TF1 et Europe 1, de Stéphane Guillon, l'aller-retour cinglant avec Fabrice Éboué ou la charge de

Sandrine Sarroche ne sont pas qu'anecdotiques : cette militante a forcément lu Antonio Gramsci, le leader communiste italien qui a théorisé l'hégémonie de la culture sur la politique, dont elle anticipe les évolutions. Si de jeunes humoristes, appréciés par le grand public, qui est au cœur de sa cible, vous lâchent, gare au retournement à venir de l'opinion !

8

La Reine des bobos s'en donne à gogo

Pour la gourou de la secte écolo, face à l'épouvantable macho hétéro qui détruit la planète au volant d'une grosse berline – ou, pire, d'un 4 × 4 ou autre SUV urbain – et symbolise le Mal absolu, surtout s'il vote à droite (ou Macron !), son inverse représente le Bien et l'Avenir. Qui est ce Parisien rêvé ? Un piéton ou un cycliste, célibataire, de préférence de gauche, écologiste et conformiste. Les – petites – familles sont tolérées si elles ne se déplacent qu'avec le passe Navigo. En tout cas, tous se doivent d'obéir au culte de la Secte, celui d'un bonheur obligatoire, urbain et champêtre à la fois.

On exagère ? Bien sûr. Quoique…

« Face aux dégâts de la démocratie d'opinion, Paris fait le choix d'une démocratie de conviction animée par les citoyens, déclame d'une voix monocorde la visionnaire lors de ses vœux pour l'année 2016, où elle annonce le lancement d'une "carte citoyenne", accessible à tous les résidents parisiens à partir de l'âge de sept ans indépendamment de leur nationalité ou de leur statut. » En clair, une carte accessible aux clandestins et aux sans-papiers. « Il s'agit d'une extension du domaine de la citoyenneté et de la démocratie », conclut-elle, toujours bien-pensante.

C'est une évidence : le Parisien que chérit sa maire parle une nouvelle langue, la novlangue municipale, qu'elle pratique mieux que personne. Lorsqu'on l'écoute, qu'on lit ses discours ou ses communiqués, on se rend compte que le dialogue social est toujours « constructif », qu'une conférence se doit d'être « citoyenne » et un financement forcément « innovant ». Toute plateforme ne peut être que « participative ». Pour elle, « l'économie du partage » s'oppose à « l'économie de prédation ». Le Bien contre le Mal ! Et le top, mis dans sa bouche à toutes les sauces, c'est « l'économie circulaire » ! Mais quand celle-ci s'incarne dans Airbnb, au grand dam des hôteliers de la capitale, cela devient « une fraude au meublé touristique ! ». Pas question de parler de salles de shoot, mais de « salles de consommation à moindre risque ». Le 30 mars 2016, la maire annonce 545 000 euros de subventions à 107 associations et évoque la « nécessaire réduction des écarts entre les quartiers populaires et les autres territoires ». Comme si parler des quartiers bourgeois lui arrachait la langue !

« Mon projet de #Paris, capitale de la participation citoyenne inclusive & attractive, repose sur la notion d'#interculturalité#ConseilDeParis », poste la maire de Paris, le 10 mai 2017. Un internaute se moque aussitôt du « tweet le plus politiquement correct de l'Histoire : tous les mots clés y sont ! ».

De fait, dans sa langue de bois, tout est « équitable et solidaire ». Les événements qu'elle organise ne peuvent qu'être « écoresponsables ». Comme c'est la règle depuis Lionel Jospin, un socialiste n'est plus jamais « au pouvoir », mais « aux responsabilités ». On a vu qu'elle promeut les « mobilités douces » et les « déplacements apaisés ».

Quant à Paris, pas question d'évoquer les vrais problèmes de ses administrés : la douce Anne Hidalgo parle d'une « métropole inclusive et bienveillante, durable et innovante ». Loin des rats et des punaises, des listes d'attente pour les crèches comme pour les logements sociaux, des rues bloquées par surprise, il s'agit d'une « ville-monde » tour à tour « cosmopolite », « bienveillante », « refuge », « résiliente » ou « progressiste », et on en oublie. Son budget est « participatif », même s'il s'agit, bien entendu, d'un leurre. Évoquant les 34 distributeurs de seringues proposés aux toxicomanes, la maire évoque une « implantation harmonieuse » alors même que les riverains multiplient les signes d'exaspération !

Parfois, sous ses mots, perce une question : est-ce par flagornerie, condescendance, ou pour faire savant qu'elle dit se rendre à l'invitation du « wali » d'Alger ? Dit-elle le « mayor » de New York et de Londres, ou l'« alcalde » de Madrid ? Ambiguë avec le maire d'Alger, son idéologie pointe lorsqu'elle écrit, à propos de Paris, « qu'une élite ne peut pas concevoir un lieu destiné à tous, un lieu de partage, un lieu populaire ». Certains mots sont imprononçables : la pudibonde maire de Paris se refuse encore à parler de police municipale, préférant le terme de « brigade consacrée à la tranquillité et à la sécurité de l'espace public » ou de « brigades vertes ». Mais rien n'est perdu : elle évolue et a parfois prononcé le mot de « police du quotidien » ou de « police des quartiers ». On frissonne devant tant d'audace !

Le bobo parisien est forcément écolo. Sa copine Anne a mille projets pour lui plaire. Par exemple le projet « Topager » qui consiste à installer d'urgence des potagers sur les toits. Le 24 mars 2017, le premier site des « Parisculteurs » est dévoilé, dans une ambiance champêtre, sur une terrasse du 8e étage d'un immeuble de la Régie immobilière de la Ville de Paris, porte d'Italie. « Des herbes aromatiques dans les cours d'immeubles, des courgettes dans les jardins partagés pas loin du périphérique, des poules qui courent sur les toits des gymnases, des champignons qui poussent dans les parkings ! », rapporte *Le Parisien* du lendemain qui précise : « La Ville veut encourager l'agriculture urbaine sur l'espace public et privé, cultiver des légumes dans des endroits auxquels personne n'aurait pensé, développer la végétalisation des bâtiments et des murs, encourager la diversité. » Il est prévu de lancer 33 sites et projets. Un an plus tôt, l'adjointe à la maire, en charge de la verdure, inaugurait la première ferme mobile de Paris, aux Buttes-Chaumont. Celle-ci « s'installera chaque mois dans un parc ou un jardin différent, permettant au public de découvrir les animaux d'élevage traditionnel ».

En février 2015, un communiqué nous apprend qu'Anne Hidalgo a placé au cœur de son ambition pour Paris « l'émergence d'un nouveau modèle urbain » – en toute simplicité – et qu'à ce titre, elle s'est fixé pour objectif d'atteindre 100 hectares de toits, de façades et de murs végétalisés en 2020, dont un tiers sera consacré à l'agriculture urbaine. Pour végétaliser les balcons, elle lance un programme intitulé « Des graines à tous les étages ». La mairie annonce vouloir distribuer gratuitement 30 000 sachets de graines. « Nous avons sélectionné [...]

des plantes mellifères, issues du bassin parisien, certifiées "agriculture biologique", qui attirent les insectes pollinisateurs », explique l'adjointe à la verdure. Quatorze types de sachets sont prévus : « pois ; fenouil bulbeux ; courgette ; radis ; ciboulette ; bourrache officinale ; camomille ; chrysanthème des moissons ; bleuet ; coquelicot ; millefeuille ; mauve musquée ; pimprenelle ; lotier ». Interdit de rire !

Bertrand Delanoë avait inventé la Nuit blanche, qui faillit lui être fatale. Pour n'être pas en reste, Anne Hidalgo lance, le 2 avril 2016, la première Nuit des débats. Les propriétaires de cafés, bars, boîtes de nuit, péniches, espaces culturels et même les églises sont invités à ouvrir leurs portes. Avec cette initiative « unique au monde » – on est toujours modeste à la mairie –, elle invite les Parisiens « à discuter toute la nuit pour partager leurs visions du monde, échanger, refaire le monde ».

Les patrons de cafés n'en croient pas leurs oreilles. La maire de Paris invente cette fumeuse Nuit, alors qu'elle accable de taxes ces lieux traditionnels de convivialité et d'échanges. Au fil des années, la mairie a ajouté à la taxe de base des taxes additionnelles de 10 % à 40 %, en fonction de la taille des terrasses, sur les chauffages et les écrans de protection. « À l'origine, il s'agissait de dissuader les cafés d'installer des chauffages extérieurs, mais aujourd'hui l'objectif est de profiter de cette manne financière, jusqu'à l'aberration », affirme l'avocat de l'Union des métiers et des industries de l'hôtellerie (UMIH).

Dans ce Paris de 2020 enfin libéré de la voiture maléfique – où chacun ira en métro, à pied et à vélo, un peu comme dans le Pékin maoïste des années soixante, prospérera un citoyen idéal : « Le Parisien Hidalgo est jeune, célibataire, à fort pouvoir d'achat, ne sort jamais de la capitale, sauf pour prendre l'avion et s'en aller bronzer à Ibiza à Noël, écrivait Bruno Roger-Petit. Le Parisien Hidalgo festivus n'a pas besoin de voiture. On peut alors lui proposer le Vélib, l'aider à acheter son vélo, voire lui proposer, joie suprême, l'offre découverte Autolib[1]. »

Célibataire à fort pouvoir d'achat ? Bruno Roger-Petit dresse en creux le portrait de la figure emblématique du quartier du Marais. Une figure qui va devenir de plus en plus présente à mesure qu'approchent les Gay Games qui vont se tenir à Paris en 2018. Ces jeux particuliers réuniront jusqu'à 15 000 participants, venant de plus de 70 pays, ainsi que plus de 40 000 visiteurs/spectateurs parisiens, provinciaux et étrangers. La municipalité table sur 100 000 nuitées, 500 000 repas et sur un impact économique de 58 millions d'euros. Anne Hidalgo est dithyrambique : « Paris 2018 - Gay Games 10 prépare une manifestation originale célébrant la diversité, le respect, l'égalité, la solidarité et le partage via un dense programme sportif concernant 36 disciplines, un vaste programme culturel avec 14 événements, un cycle de conférences et de nombreuses cérémonies et soirées dans les lieux les plus prestigieux de la capitale. » Un événement ouvert à toutes les personnes majeures, sans aucun standard de performance sportive exigé, qui « contribuera à l'évolution des mentalités ainsi qu'au rayonnement et à l'attractivité de Paris ». La municipalité accordera une subvention de 235 000 euros.

1. Dans *Challenges* du 10 février 2015.

Cofondateur de misterb&b, leader mondial de la location d'appartements LGBT[1], friendly, Matthieu Jost saute de joie : « Je compte, à cette occasion, démontrer les qualités d'accueil et d'ouverture des hôtes parisiens. » Aux acteurs traditionnels de promotion, genre Office de tourisme et Atout-France, s'ajoute l'International Gay & Lesbian Travel Association (IGLTA).

L'engagement d'Anne Hidalgo en faveur de la communauté gay est ancien et profond. En témoigne ce communiqué du 29 janvier 2016, glané au hasard parmi des centaines que la mairie publie chaque mois, dans lequel Paris soutient une initiative, portée par l'association Panamboyz United. « Rassemblons nos différences : tous ensemble avec les lacets arc-en-ciel ! Du 29 janvier au 1er février, sur tous les terrains de Ligue 1 et de Ligue 2, les joueurs porteront des lacets arc-en-ciel pour montrer leur attachement à la diversité et à la lutte contre l'homophobie. »

En même temps, la maire n'évite pas tous les clichés : dans la liste des 507 personnes qui l'ont publiquement soutenue en 2014, on trouve de nombreux militants LGBT, mais aussi deux hommes qui se présentent réciproquement comme « marié homosexuel en 2013 ». La belle affaire ! N'ont-ils pas de profession ni d'autre titre à faire valoir ?

Est-ce la complexité des relations anciennes avec son père macho ? Sont-ce ses treize ans passés au côté de Bertrand Delanoë, le premier homme politique français

1. Lesbiennes, Gays, Bisexuels et Transgenres.

d'envergure à avoir fait, avec une indéniable audace, son outing ? Est-ce sa façon d'asseoir son pouvoir ? Ou, tout simplement, une stratégie électorale basée sur le clientélisme ? Anne Hidalgo entretient, quoi qu'il en soit, un rapport très étroit avec la communauté homosexuelle. Elle s'entoure de femmes – parité oblige – et de gays. Au cours d'un conseil de Paris particulièrement fastidieux, NKM et Pierre-Yves Bournazel, conseillers LR, s'amusaient à dresser, parmi les adjoints, la liste des hétéros mâles. « Ils se comptent sur les doigts d'une seule main », a plaisanté Bournazel. La madone laïque exerce sur les jeunes homos qui l'entourent une véritable fascination, d'autant qu'ils sont souvent en marge de leurs propres partis, socialiste ou communiste. « Anne donne sa place à chacun, confirme l'un d'eux. Quand j'avais des crises avec Delanoë, elle mettait de l'huile dans les rouages. Elle est bienveillante, mais elle sait être dure quand il faut. »

Une autre initiative annoncée, « au nom d'Anne Hidalgo » par Bruno Julliard, premier adjoint (PS), a beaucoup fait jaser : la création d'un espace naturiste pour offrir un endroit « récréatif » aux adeptes. « Paris ne comporte pas à ce jour de lieu en permettant la pratique », déplore l'écolo David Belliard, citant une pratique « courante » à Barcelone, Berlin ou Munich. « Les écologistes proposaient le cœur de Paris, voire les voies sur berge, on ne va pas commencer par là », a tempéré Julliard. Et pourquoi pas ?

« Je suis pour et je crois que la maire de Paris aussi, ça ne fait de mal à personne, donc on va le faire, insiste l'ancien président de l'Unef, en délicatesse avec le Parti socialiste. D'autres capitales européennes le font, Berlin tout récemment ; il faut trouver le bon endroit, probablement dans un parc ou un jardin. » La création d'un camp de nudistes parisiens, votée le 26 septembre 2016, était une demande de quelques élus Verts du conseil municipal, à laquelle la maire et son premier adjoint se sont empressés de répondre favorablement, majorité plurielle oblige. « Le socialisme écologiste, au pouvoir à Paris, libère ceux qui ne lui demandent rien, ironise Bruno Roger-Petit. La nudité dans Paris, stade suprême de la rupture avec le capitalisme, l'héritage de Jaurès, Blum et Mitterrand, va trouver là son accomplissement le plus abouti[1]. »

Problème : la dératisation est un préalable, tant la coexistence des rongeurs et des nudistes paraît problématique. Qu'il se situe dans les bois de Boulogne ou de Vincennes, le terrain choisi est d'ores et déjà miné. C'est sans doute pour ça qu'Anne-la-tolérante, une fois n'est pas coutume, s'est bien gardée d'apparaître en première ligne. Certes, avec deux millions de Français pratiquant le naturisme, auxquels s'ajoutent deux millions d'étrangers qui le pratiquent dans 460 centres spécialisés, dont l'île du Levant et le centre de Montalivet, dans les Landes – le plus grand d'Europe –, la France est la première destination touristique d'Europe. Mais il n'y a en France aucune culture du naturisme urbain, comme c'est le cas en Allemagne, en Hollande ou en Suisse, où les adeptes bronzent nus dans certains parcs, sans rien demander à quiconque. Idem sur les plages de Barcelone, où les « textiles » ne

1. Dans *Challenges* du 27 novembre 2016.

semblent pas dérangés. L'initiative Hidalgo fait en tout cas le bonheur du site cent pour cent naturiste Zerokini : « À l'heure où la France souffre que son image de pays épris de liberté s'effrite et où Paris connaît une importante baisse de fréquentation touristique, la création d'un espace naturiste nous semble un signal positif pour notre société et l'image de notre capitale à l'international. »

Pas de problème : la réunion de nudistes dans des endroits dédiés et adaptés nous dérange beaucoup moins que le concentré de vulgarité qui déambule sur les Champs-Élysées. Le seul problème est le décalage abyssal entre les fantasmes de la maire et la réalité du vécu des Parisiens. Elle ne tient pas compte de la vie des vraies gens, qui ont bien d'autres priorités.

Paris écolo, Paris homo, Paris bobo. Il y a des boîtes que l'on ouvre sans savoir ce qui va en sortir. Pour la quatrième édition de son budget participatif (100 millions d'euros alloués à différents projets émanant des Parisiens eux-mêmes), la Mairie de Paris a reçu plus de 2 200 contributions. Une interminable liste à la Prévert où le pire côtoie le meilleur mais où, surtout, les farfelus s'en donnent à cœur joie ; domine une aspiration très nette à verdir et humaniser le quotidien : bacs à compost, nichoirs à oiseaux, pistes cyclables, suppression des écrans de pub dans le métro et les gares, lieux d'accueil pour réfugiés et sans-abri… Certaines anticipent même un futur cauchemardesque vers un totalitarisme doux, d'ailleurs déjà bien engagé. À les lire, les Parisiens sont obsédés par l'hygiénisme : pipi, caca, glaviots… il faut tout purger. Réhabiliter les crachoirs publics, créer un fichier ADN de tous les chiens parisiens permettant de verbaliser leurs propriétaires, après prélèvement sur les crottes. Construire des niches à chats, des aquariums dans les cabines téléphoniques, distribuer des coloriages, créer des murs pour s'exprimer dans les administrations... Installer des projecteurs de cinéma de plein air en libre service et créer des emplacements réservés aux musiciens sur les trottoirs et les places !

Bref : on n'a pas fini de rire. Jaune.

9
Pollution politicienne

« Paris est une ville trop polluée, une ville dans laquelle il y a des morts liées à la pollution, déclare, toujours nuancée, Anne Hidalgo, le 5 mai 2015. Sur la métropole du Grand Paris, ce sont environ 6 500 décès par an supplémentaires. Donc il faut agir maintenant. » Jamais la Reine Verte n'aurait pu faire une telle violence aux automobilistes d'Île-de-France, si elle ne s'appuyait sur le courant politiquement très porteur de la lutte contre la pollution. Là encore, il faut que tout soit bien clair : nous ne sommes pas climatosceptiques et se battre contre la pollution est, pour nous, un combat légitime. Pour avoir, à Pékin, vu les habitants, en apnée, sortir de leur voiture à air filtré pour rejoindre leur appartement, lui aussi à air filtré, en évitant le poison de la rue, nous avons mesuré l'enfer d'une existence dans un monde invivable. Mais Pékin n'est pas Paris : il faut raison garder.

En cette fin d'année 2016, régnait à Paris un temps à se promener en famille, à faire jouer les enfants dehors, à condition qu'ils soient bien emmitouflés : c'est du moins ce que tout le monde aurait dit, jusqu'à une époque récente. Pendant toute la première semaine de décembre, Paris a été nimbé d'un éblouissant soleil d'hiver dû à un anticyclone qui s'est installé au-dessus de la France. Temps lumineux avec une absence de vent qui limitait les effets du froid. Temps revigorant, à se promener en famille ou avec des amis, avant de se réchauffer autour d'un feu de bois, avec un chocolat bien chaud. Mais ça, c'était avant.

Aujourd'hui, c'est, paraît-il, l'horreur ! À entendre les responsables politiques parisiens, à écouter les radios et à regarder les chaînes de télévision, on a vécu une préfiguration de l'enfer. Le cœur nous serre d'avoir, jadis, promené nos enfants avec de bonnes chaussures, manteau et bonnet, l'hiver, par ce genre de temps sec et ensoleillé. Que le culte Écolo et sa grande prêtresse nous pardonnent : on ne le savait pas, mais on était proche de la maltraitance… Du matin au soir, pendant toute la semaine, les pneumologues se sont répandus dans les médias pour dénoncer les méfaits de la pollution due au dioxyde d'azote et surtout, surtout, à l'accumulation des particules fines, si fines que, non contentes de s'introduire dans vos poumons, elles peuvent atteindre tous les organes du corps en rejoignant la circulation sanguine via les alvéoles pulmonaires, causant une inflammation chronique faisant le lit de l'asthme, de maladies cardiovasculaires, de cancers du poumon, de la gorge, de la vessie et d'ailleurs.

Pour compléter le tableau est tombé comme un couperet, de la bouche de Sa Majesté, un chiffre terrible : la pollution atmosphérique provoque au moins 48 000 morts par an en France ! Autant que l'alcool, moins que le tabac mais quinze fois plus que les accidents de la route.

D'où sort ce chiffre, répété partout, pendant toute la semaine ? D'une étude publiée par la toute nouvelle agence Santé publique France, créée en 2016 et qui, dès sa première année d'existence, a reçu un prix de... communication. Pour Marisol Touraine, alors ministre de la Santé, qui a porté cette agence sur les fonts baptismaux, « la pollution est à l'origine de 9 % de la mortalité nationale ». François Bourdillon, son directeur général, en rajoute : « Cela correspond à une réduction de l'espérance de vie de deux ans chez les personnes âgées de trente ans. » Ces estimations alarmantes sont supérieures – c'est l'inflation ! – aux précédentes, de 42 000 morts par an, celles de l'étude européenne CAFE (Clean Air for Europe) qui date de 2005. Mais le carnage est tel qu'on n'en est plus à 6 000 morts près.

En réalité, rien ne permet d'affirmer que la pollution atmosphérique est, en France comme à Paris, à ce point mortifère. D'abord, dès qu'on gratte un peu, on apprend qu'il ne s'agit pas de 48 000 morts, mais de « 48 000 morts prématurées ». Ce qui change tout et... ne veut plus rien dire. Car quel est le rapport entre un « mort prématuré » de dix ans et un autre de trois jours, dont la fin a été à peine écourtée ? Par ailleurs, nul ne sait par quelle méthode scientifique l'agence Santé publique France fait la corrélation entre le taux de pollution de tel ou tel élément et le nombre de décès « prématurés ». Comment extrapole-t-elle ? De ces soi-disant études, on ne connaît que les conclusions orientées. Conclusions qui vont d'ailleurs à l'inverse du sens commun, puisque l'espérance de vie ne cesse de croître, en particulier dans les grands centres urbains, ceux-là mêmes qui sont montrés du doigt.

Cette panique entretenue par les lobbies écologistes et par certains politiques s'inscrit exactement dans un système global de désinformation qu'a parfaitement décrit l'économiste Jean de Kervasdoué, ancien directeur général des hôpitaux sous Mitterrand. Ce spécialiste de la santé a écrit, en 2007, un livre décapant : *Les Prêcheurs de l'apocalypse. Pour en finir avec les délires écologiques et sanitaires*[1]. Il y démontre que, sur bien des sujets tels que le diesel, les OGM, les pesticides, l'énergie nucléaire, le gaz de schiste, le risque réel n'a rien à voir avec le risque perçu. « On s'appuie sur une peur profondément ancrée, quoique peu fondée, écrit cet expert. On prend pour argent comptant les conclusions d'une étude discutable, mais suffisamment technique pour que personne ne la lise [...] en s'appuyant davantage sur des croyances que sur des analyses empiriquement fondées. »

Jean de Kervasdoué décrit un sophisme pratiqué à grande échelle chez les écolos : l'idée que mille unités délivrées en une fois équivalent à une unité délivrée mille fois. Ce qui n'a aucun sens : recevoir un poids d'un kilo sur son gros orteil n'a pas le même effet que mille fois une plume d'un gramme. Très vendeuse, cette idée stupide, proférée sans relâche par les prêcheurs de l'apocalypse, est valable pour toutes les grandes peurs, pour la pollution comme pour le nucléaire. À petite dose, les organismes vivants absorbent et digèrent à peu près tout. Les radiations comme les particules fines.

Mais malheur à celui qui dit la vérité : on sait ce qui est advenu à Claude Allègre, comme à tous ceux qui

1. Plon, 2007.

remettent en cause ou simplement relativisent l'idéologie écologiste dominante, aussi envahissante qu'irrationnelle. On répète qu'il n'est pas question, pour nous, de nier la réalité du réchauffement climatique et de la pollution, leurs conséquences, les risques qu'ils impliquent ainsi que la nécessité de les combattre. Il convient simplement de déjouer les manipulations, de débusquer les intérêts cachés et de ne pas bêtement hurler avec les loups. Ou plutôt, les moutons. De rappeler que ce qui compte, c'est la pollution au quotidien, pas celle des pics de courte durée. De rappeler surtout une rassurante vérité : la pollution, en région parisienne, est en recul constant année après année ! Qui l'affirme ? C'est l'aveu même d'AirParif, l'association pourtant très engagée chargée de mesurer la qualité de l'air en Île-de-France. Le nombre de particules fines par mètre cube aurait diminué d'un tiers, en vingt ans, à Paris. Le plus âgé d'entre nous deux se souvient qu'à Lyon, il lui fallait, plusieurs fois par an, marcher à l'aveugle, en touchant les immeubles et le parapet d'un des ponts qui enjambaient le Rhône, pour rejoindre son collège, en raison d'un smog parfois aussi compact que celui de Londres. Et il faut être amnésique pour ne pas se souvenir de l'odeur et des fumées qui sortaient des pots d'échappement, jusque dans les années quatre-vingt, avant l'obligation d'imposer des pots catalytiques sur les moteurs diesel.

Comment, alors, expliquer cette hystérie collective, dès qu'il s'agit de pollution de l'air ? Sans doute pour les mêmes raisons qui ont déchaîné les passions sur le tabagisme passif, conduisant à l'interdiction de fumer dans les lieux publics. Une prise de conscience soudaine d'une manière de viol intime, en inhalant l'air expiré par les autres ou celui craché par les moteurs des voitures, pourtant considérablement dépolluées, au fil du durcissement des normes – même si celles-ci ont parfois été contournées – et des progrès technologiques.

Mais la panique est évolutive. Pendant des années, il s'est agi de lutter contre le réchauffement planétaire : d'où l'essor des moteurs diesel qui consomment entre 20 et 25 % de moins que les moteurs à essence, à puissance égale. Les ingénieurs sont parvenus à capter les particules, diminuer les vibrations, insonoriser les voitures diesel et contenir leurs prix ; elles ont été vendues – souvent au nom de l'écologie ! – jusqu'à ce qu'elles s'imposent à près des trois quarts des nouveaux clients. Puis les écologistes se sont focalisés sur les rejets, présumés nuisibles à la santé, et enfin sur les microparticules. Les dispositifs antipollution renforcés sont devenus trop chers pour être vendus sur les voitures de petite cylindrée, de bas de gamme. D'où une chute de la part du diesel tombée de 73 à 50 %, en France, en deux ans.

Argumenter ne sert à rien car l'écologie ne se discute pas : elle est devenue une religion exploitée à des fins politiques, comme l'ont été le catholicisme à une époque ou l'islam aujourd'hui. Une religion d'État, avec ses clercs et ses fidèles, à l'abri de toute remise en cause, aussitôt perçue comme hérétique. Toute contestation est inaudible et toujours disqualifiée. Dès lors, la croyance s'autoalimente, dans une manière de folie collective. Le samedi 3 décembre 2016, alors que le préfet répugne encore à décréter la circulation alternée à Paris et dans 32 communes périphériques, le boulevard du Montparnasse est empesté par une méchante odeur de plastique brûlé – sans doute une poubelle dans laquelle un étourdi a jeté un mégot. Entendu dans un café :

– Cette odeur, c'est sûrement un effet de la pollution de l'air, affirme doctement un hipster à la barbe bien taillée.

– Tous les seuils de particules fines sont dépassés, à cause des moteurs diesel, ajoute sa compagne. La mairie de Paris se bat d'ailleurs contre le gouvernement pour imposer la circulation alternée.

– Tant que l'on n'aura pas complètement interdit les voitures…

Notre pasionaria ment délibérément lorsqu'elle nous dit que la pollution de l'air est principalement causée par les voitures. Au niveau du pays tout entier, elles ne comptent que pour un peu plus de 10 %, loin derrière l'industrie, l'agriculture et le chauffage. À Paris, la proportion est supérieure mais reste minoritaire. Les pics de pollution coïncident souvent avec la persistance de phénomènes météorologiques qui rabattent l'air chargé de polluants venu d'Angleterre, d'Allemagne ou de Pologne.

Souvent, l'air parisien souffre de ce qui vient de l'étranger, si l'on en croit Copernicus, qui calcule la pollution de l'air au niveau européen. Coordonnée par la Commission de Bruxelles, cette plateforme fournit une base de données accessible et utilisable par tous. À Paris, lors d'un test pilote mené du vendredi 11 novembre au dimanche 13 novembre 2016, moins de 50 % de la pollution aux particules fines était d'origine française [1] !

1. Le vendredi, l'Allemagne y a contribué à hauteur de 15,3 %, le Royaume-Uni à 11 %. Le samedi, la part allemande s'élevait à 23,3 %,

Début juillet, une étude publiée par trois associations (WWF, Health and Environment Alliance et Climate Action Network Europe) révélait la mortalité européenne due à la combustion de charbon en Europe, pays par pays. Le *Journal de l'environnement*, qui peut difficilement être soupçonné d'être climatosceptique, en révèle les conclusions, en termes de décès annuels – on a vu à quel point cette façon de compter était contestable, mais elle permet d'établir des comparaisons. « La Pologne et l'Allemagne, qui recourent fortement au charbon, s'avéraient ainsi les sources d'émission ayant le plus d'impact, avec respectivement 4 960 et 2 490 décès annuels engendrés dans d'autres pays. À l'inverse, la France, faible utilisateur de cette énergie fossile, était fortement touchée par les rejets étrangers : sur les 1 380 décès annuels dus au charbon dans le pays, seuls 50 sont liés à l'activité française, contre 460 importés d'Allemagne, 350 du Royaume-Uni et 160 de Pologne. »

Tout est dit. Mais qui peut encore l'entendre du côté de la mairie ? Et dans l'opinion ?

---

tandis que le Royaume-Uni s'effaçait devant la Belgique à 10,2 % et les Pays-Bas à 4,7 %. Le dimanche, l'Allemagne grimpait encore à 25,8 %. Elle diminuait un peu, à 22 % le lundi, lorsque la part française redevenait prépondérante à 64,2 %.

10

Posture et imposture féministe

Le monde politique « m'apparaissait brutal, masculin », écrit Anne Hidalgo sur son site, expliquant qu'elle a pris sa carte du Parti socialiste, en 1994, avec « une certaine prudence ». Militante féministe dès son adolescence, elle assimile de longue date violence, vulgarité, agressivité avec le genre masculin. Vigilante, elle ne laisse rien passer. « C'est en pensant à toutes les femmes qui sont contraintes au silence face à l'inacceptable que je me résous à rendre publique cette chronique du sexisme ordinaire », écrit-elle sur Twitter, le 14 juin 2016, révélant des propos du maire (LR) du Plessis-Robinson qui, sinon, seraient passés inaperçus. Que dit-elle dans sa lettre à Philippe Pemezec ? « Samedi dernier, à l'occasion du lancement du chantier du Grand Paris Express, j'ai eu le plaisir de retrouver, à Clamart, un certain nombre de mes collègues, tous horizons politiques confondus. Vous avez alors lancé à la cantonade : "Qu'est-ce qu'ils ont à se précipiter autour d'elle, tous ces mecs ? Ils sont comme Untel à vouloir se faire tailler des pipes par Hidalgo." »

Propos évidemment insupportables, venant d'un élu connu pour son épaisse vulgarité. Propos qui lui ont valu d'être proclamé « macho de l'année », en mars 2017, par les Chiennes de garde, association féministe qui se bat contre les insultes sexistes. Cet élu est un repoussoir. L'indignation d'Anne Hidalgo est donc légitime. Seuls bémols : elle se base sur des propos qui lui ont été rapportés ; et l'intéressé n'est pas n'importe qui pour elle. Aux élections législatives de 2012, dans la douzième circonscription des Hauts-de-Seine, il a été battu par Jean-Marc Germain, son mari, qui, avant le grand chamboulement, entendait bien prendre sa revanche. Hélas, en 2017 c'est le désastre ! Le mari d'Anne Hidalgo a été battu à plate couture, avec 9 % des voix, par Jean-Louis Bourlanges, candidat Modem et donc rallié au nouveau président. Cette missive de la maire de Paris, adressée à un personnage contestable, et rendue publique avant même qu'il ne l'ait reçue, a-t-elle été dictée par une légitime indignation ou bien s'est-il agi d'un coup de communication, un de plus, pour à la fois conforter son image féministe, tout en donnant un coup de pouce politique à son mari ?

Adolescente, elle s'est durement opposée à son père, ce qui a orienté sa vision du monde. Au sein de son état-major, règne d'ailleurs une stricte parité. Jusqu'à son association avec Bertrand Delanoë, ses mentors en politique ont été des femmes, au premier rang desquelles Martine Aubry, ministre du Travail et de la Solidarité en 1997 et 1998, ancienne membre, comme elle, de la CFDT, qu'elle a souvent présentée comme « sa grande sœur en politique ». Tout le monde a oublié qu'Anne Hidalgo avait également été directrice adjointe, au cabinet de Nicole Péry, secrétaire d'État aux Droits des femmes et à la Formation professionnelle (1998-2000), puis conseillère technique au cabinet de Marylise Lebranchu, garde des Sceaux de 2000 à 2002.

Fascination, domination, détestation : elle entretient des rapports ambigus avec les autres femmes. Elle est capable de se comporter comme une harpie avec celles qui se trouvent sur son chemin et entendent garder leur indépendance. En 2001, quand Bertrand Delanoë lui demande de faire ses preuves dans le 15e arrondissement, elle y devient chef de file du PS. Un inspecteur du travail qui la juge « dévorée d'ambition » lui trouve une « impressionnante capacité à écarter ceux qui lui font de l'ombre ». Dans *Libération*, un militant PS du 15e évoque « sa détestable campagne » contre Pervenche Berès, une députée européenne qu'elle sort du jeu, alors qu'elle est soutenue par Jack Lang et tous les fabiusiens et qu'elle a fait ses preuves. En 2004, après un accord avec les Verts, l'ambitieuse obtient de conduire la liste de gauche, à Paris, aux élections régionales. Ce faisant, elle écarte la première vice-présidente sortante de la région Île-de-France (tête de liste à Paris en 1998), Marie-Pierre de la Gontrie. Soutenue par Dominique Strauss-Kahn et Jean-Paul Huchon, président de la région, la place de maire de Paris lui avait pourtant été promise de longue date. Et de deux !

Est-ce un hasard ?

Anne Hidalgo dénonce un monde politique « brutal et masculin » ? Et si, dans les faits, il était pour elle sans foi ni loi… mais féminin !

À droite, nul ne s'étonnera qu'elle poursuive de sa vindicte Nathalie Kosciusko-Morizet, qui lui a disputé – sans succès – la place de maire de Paris en 2014, ainsi que

Valérie Pécresse, présidente de la région Île-de-France dont Paris, évidemment, fait partie. Seule trouve grâce à ses yeux Rachida Dati avec laquelle elle a fait alliance… contre NKM. Élue (LR) du 7e arrondissement, Rachida a, pendant la campagne, joué sans complexe contre son camp « en envoyant régulièrement à Anne des bouses sur NKM, qu'elles détestent toutes les deux », selon une adjointe de la maire de Paris. Rachida, élue sarkozyste, continue de rendre hommage à « la première femme maire de Paris » dont « les parents ont traversé les frontières pour offrir un meilleur avenir à leurs enfants », comme elle l'a encore fait le 24 mars 2016 dans son discours de clôture des Trophées de la diversité dans les salons d'apparat de l'Hôtel de Ville.

La haine de notre héroïne vis-à-vis de NKM est très révélatrice de ses complexes. Entre la grande bourgeoise, issue d'une lignée de diplomates et de responsables politiques, et la fille d'ouvriers immigrés, la bataille pour la mairie fut d'une violence et d'une intensité rarement vues. « Deux aboyeuses », se souvient un journaliste présent, au cours d'un débat sur RTL et iTélé, le 26 mars 2014 : les deux favorites se sont battues comme des poissonnières en s'accusant mutuellement de mensonges, notamment sur le thème de la pollution et du diesel, qu'elles rejetaient pourtant toutes les deux ! Dénonçant « un échec de la municipalité en place », NKM a plaidé pour « la mise en place de mesures de lutte contre le diesel », qui « a beaucoup prospéré » sous la mandature de Bertrand Delanoë. « Je mettrai fin à ça, à la diésélisation des bennes à ordures et des bus », a-t-elle annoncé. Anne Hidalgo a, de son côté, qualifié NKM de « ministre du diesel » en ayant « développé le parc diesel comme jamais ». Elle a assuré qu'elle allait poursuivre « le développement des transports collectifs et notamment le tramway » sans dire un mot, à l'époque, de la fermeture des voies sur berge.

Victorieuse, Anne Hidalgo aurait pu se montrer magnanime par la suite, mais il n'en a rien été. « On aurait pu tourner la page, trois ans après, mais Anne est toujours aussi vindicative vis-à-vis de son ancienne adversaire qui représente tout ce qu'elle abhorre, déplore une de ses adjointes. Elle a beaucoup de qualités mais elle est binaire, rancunière et ne supporte pas la contradiction. » Nathalie Kosciusko-Morizet s'en amuse : « Anne semble développer une haine personnelle à mon égard ; quand il n'y a pas de caméras, elle ne me dit jamais bonjour et quand il y en a, elle me serre la main mais sans me regarder. Je crois d'ailleurs que je n'ai jamais croisé son regard ! »

Même détestation vis-à-vis de Valérie Pécresse, mais sous une forme moins voyante, car les deux femmes, par leurs fonctions, doivent travailler ensemble, comme lorsqu'elles ont fait un voyage de promotion de Paris au Japon. Une collusion supposée, dénoncée par le Front national sous le terme de « Valeridalgo ». Les fleurets sont mouchetés, mais cela ne trompe personne. On a vu, sur la circulation alternée et surtout à propos de la fermeture des voies sur berge, à quel point Anne Hidalgo et Valérie Pécresse sont en conflit ouvert, à cause notamment du refus de toute concertation de la maire de Paris avec les élus de banlieue.

Auparavant, fin juin 2016, Pécresse avait annoncé que le passe Navigo Universel, qui permet aux Franciliens de prendre les transports en commun quelle que soit la zone d'éloignement, passerait de 70 à 73 euros par mois – on avait même parlé de 80, voire 85 euros. Elle y était obligée car son prédécesseur, le socialiste Jean-Paul Huchon, avait lancé ce passe dans un but purement électoraliste, sans avoir prévu le moindre financement. Ce qui n'a pas empêché la maire de Paris de parler de « taxe Pécresse » et d'afficher sa réprobation dans *Le Journal du dimanche* : « Cette augmentation est difficilement acceptable et va directement impacter les foyers les plus modestes. »

En octobre 2016, Valérie Pécresse fait une embardée. À la veille des primaires de la droite, alors qu'elle est amie de longue date et proche de François Fillon, elle annonce qu'elle soutient désormais Alain Juppé, alors en tête dans les sondages, face à Nicolas Sarkozy. Dans l'espoir d'être nommée Premier ministre de Juppé, elle change de cheval quelques jours seulement avant que François Fillon n'entame sa (provisoire) chevauchée fantastique, éliminant Sarkozy au premier tour, puis Juppé au deuxième. Anne Hidalgo ricane. Le 25 novembre, bien intentionnée, elle retweete un message du maire du 13ᵉ arrondissement qui se moque de Pécresse, après la percée de François Fillon : « Elle a simplement confondu bonne figure et flippante figure. » Aimable. Mais la voilà qui, tout d'un coup, prend des airs de sainte nitouche et se défend d'être à l'origine de ce message, diffusé… sous son nom. « Mon community manager a publié par erreur sur mon compte un tweet parfaitement déplacé qu'il voulait publier sur son compte personnel. Je déplore et je regrette cette erreur, qui ne correspond pas à l'idée que je me fais du débat public », écrit-elle. Inélégante défausse sur un de ses subordonnés. Et réaction d'autant plus étrange que, dans le passé, la maire n'avait pas ces pudeurs d'infante : elle n'avait notamment pas hésité à se moquer de Valérie Pécresse en tweetant une photo d'elle semblant dormir en pleine séance du conseil régional. Les temps ont changé. Aujourd'hui, sœur Anne cultive l'image d'une madone calme et bienveillante, éloignée des joutes politiques. Son exact contraire !

Aussi rudes qu'elles puissent être, ses prises de bec avec ses adversaires de droite sont des caresses en comparaison des coups qu'elle délivre aux femmes réputées être dans son camp. À gauche, les ministres ou ex-ministres Cécile Duflot, Myriam El Khomri, Audrey Azoulay, Laurence Rossignol, Emmanuelle Cosse se sont, à un moment ou à un autre, retrouvées dans son collimateur, tout comme les poids lourds que sont Martine Aubry et Ségolène Royal.

C'est ainsi qu'en 2011 Anne Hidalgo s'est brouillée avec « sa sœur en politique », Martine Aubry elle-même. Première secrétaire du PS, celle-ci avait décidé d'attribuer à Cécile Duflot la 6e circonscription de Paris – toujours gagnante à gauche – pour les législatives de 2012. Cette stratégie de Martine Aubry, favorable aux frondeurs et aux écologistes, a plombé tout le quinquennat de François Hollande car celui-ci n'a pas su ou pas voulu taper du poing sur la table. Mais aux yeux d'Hidalgo la mise en orbite de Cécile Duflot, sans que ni Delanoë ni elle aient été tenus au courant, mettait en lice une sérieuse concurrente pour conquérir Paris. L'abcès fut crevé un mardi soir, rue de Solferino, lors d'une réunion d'un bureau national du Parti socialiste. « Les témoins de cet échange furent scotchés de voir la discrète Anne Hidalgo, avec le soutien de Bertrand Delanoë, s'en prendre si furieusement à sa copine et patronne du PS,

Martine Aubry », raconte *Le Point*, qui rapporte le dialogue suivant[1] :

– T'es une menteuse ! lance Anne Hidalgo à Martine Aubry.

– Mais, Anne, on est parties pendant cinq jours en vacances en Italie ensemble et je te l'ai dit ! Tu m'as dit que tu étais d'accord !

– C'est faux ! interrompt Bertrand Delanoë. Martine, retire tout de suite ce que tu viens de dire, sinon je vais dire des choses sur toi !

– Je ne le croyais pas, mais tu es une menteuse, s'insurge Anne. Tu ne m'en as jamais parlé ! Je n'ai jamais vu une menteuse pareille !

Il faut remettre cette scène dans son contexte : Martine Aubry est alors la toute-puissante premier secrétaire du PS, tandis qu'Anne Hidalgo n'est que première adjointe d'un maire de Paris en train d'être marginalisé. Certes, elle est amie avec Valérie Trierweiler, alors compagne du président, mais c'est peu.

Après cet épisode, entre Anne et Martine, les relations n'ont plus jamais été les mêmes, alors qu'elles portent toutes deux le même regard – extrêmement sévère – sur le quinquennat et sur la personne de François Hollande. Comme sur celle de Manuel Valls.

Même cirque, à l'automne 2016, alors que Cécile Duflot, sèchement battue à la primaire des Verts, a disparu du paysage. Député du 18e arrondissement de Paris, Christophe Caresche a décidé de ne pas se représenter. C'est un siège en or que vise Myriam El Khomri, qui fut

1. *Le Point*, 5 novembre 2015.

sa suppléante, élue depuis 2008, habitante du quartier où ses enfants sont scolarisés. Problème : Anne et Myriam ne s'adressent plus la parole. Si, tout au long du débat sur la loi travail, Hidalgo s'est opposée au texte, c'est en partie parce qu'elle déteste celle dont la loi porte le nom ! Elle la surnomme « la ministre du 49-3 ».

Sa haine vis-à-vis de celle qui fut porte-parole de sa campagne remonte à 2014. À la suite de son élection, elle devient son adjointe chargée de la protection de l'enfance. Mais en juillet, Myriam El Khomri rencontre François Hollande lors d'un dîner organisé par Daniel Vaillant[1]. Sous le charme, le président l'appelle un peu plus tard, alors qu'elle fait ses courses au BHV :

– Bonjour, Myriam, accepteriez-vous d'entrer dans mon nouveau gouvernement ?

– Heu ! Je vous remercie, Monsieur le président, mais pour y faire quoi ?

– J'ai pensé à vous pour le poste de secrétaire d'État à la Politique de la ville.

– Merci, mais je ne sais pas si j'en ai les capacités, répond Myriam qui faisait la queue à une caisse. Laissez-moi le temps de réfléchir avant de vous répondre.

– Non, il faut que vous me disiez tout de suite si vous acceptez ou non.

– Alors j'accepte.

Myriam aura beau raconter à Anne les conditions de sa nomination, la maire de Paris ne la croira pas. Elle se sent trahie. « Le raisonnement d'Anne [...] est simple : soit tu

1. Cet éléphant du PS a, en 2014, docilement obéi à Anne Hidalgo qui, anticipant la loi sur le non-cumul des mandats, a exigé de lui qu'il abandonne son poste de maire du 18e.

me suis, soit tu es mon adversaire », commente Daniel Vaillant dans le journal *L'Opinion.* Plus tard, la nouvelle secrétaire d'État reconnaîtra auprès de ses proches que cette nomination express l'a finalement bien arrangée : « Si j'avais appelé Anne, ça aurait fait un drame et peut-être m'aurait-elle bloquée. »

La colère de la « Mère Emptoire » s'accentue encore lorsque son ancienne meilleure amie est nommée ministre du Travail, en septembre 2015, par François Hollande. Une colère d'autant plus forte que son mari, le frondeur Jean-Marc Germain, proche de Martine Aubry, a été pressenti pour prendre la relève de François Rebsamen. Bruno Le Roux était aussi sur les rangs. « Jean-Marc Germain se considérait comme le plus capé pour ce poste. Sa frustration a accentué la brouille », explique à *L'Opinion* l'entourage de Myriam El Khomri. Notre bonne Anne est furieuse et reporte sa colère sur la méchante Myriam. Son hostilité vis-à-vis de Hollande et du gouvernement devient patente. « Elle nous considère comme des moins que rien et ne s'en cache pas », affirmait un ministre. La maire se découvre complètement le jour du premier débat de la primaire de « la belle alliance populaire ». Elle dénonce dans une interview publiée dans *Le Monde* « l'immense gâchis » du quinquennat de François Hollande et annonce son soutien à Vincent Peillon, dans le seul but de fragiliser Valls. Un article « inutilement violent », dénonce dans *Les Échos* Laurence Rossignol, la ministre des Familles, de l'Enfance et des Droits des femmes. Anne Hidalgo a publiquement rejoint son mari dans le camp des frondeurs. Sortie du formol, la bulle Peillon, professeur de philosophie à Neuchâtel, en Suisse, éclatera vite. Et Anne Hidalgo rejoindra Benoît

Hamon, faisant la démonstration de son absence totale de sens politique.

Elle est comme ça, la maire de Paris : vindicative, rancunière, prête à tout pour rester sur son trône. Rien ne l'arrête, elle fonce tête baissée sans se soucier des conséquences, pourvu qu'elle règne. Elle écarte, elle dégage, exécute ceux qui osent lui résister. Elle s'est déchaînée pour ne pas avoir dans les pattes, à Paris, Audrey Azoulay, dernière ministre de la Culture d'Hollande, victime d'une rude campagne de presse. Dégoûtée, la ministre rendra vite les armes. Encore une de moins !

Reste Myriam El Khomri. Alors qu'elle n'a aucune autorité pour décider ou contester les investitures aux législatives, Anne Hidalgo choisit de passer en force. Myriam découvre son hostilité dans *Le Monde*[1] : « J'ai fait savoir que je trouvais que c'était une très mauvaise idée, la candidature de Myriam El Khomri dans le 18ᵉ. Je pense qu'il y a un traumatisme très fort autour de la loi qui porte son nom et cela ne correspond pas tout à fait à ce qu'attendent de nous les Parisiens. » La manipulatrice veut placer à sa place Afaf Gabelotaud. Mais elle tombe sur un os. La gentille El Khomri ne se laisse pas impressionner par ce crochet du droit. « Ce n'est ni à la maire de Paris ni à qui que ce soit sur le plan national de décider des investitures, affirmait-elle en octobre. Cette primaire appartient aux seuls militants. »

De fait, dans la soirée du jeudi 8 décembre 2016, les militants socialistes du 18ᵉ arrondissement de Paris choisissent, sur le fil, par 89 voix contre 84, « la ministre

1. *Le Monde*, 7 novembre 2015.

du 49-3 » comme candidate aux prochaines élections législatives de juin 2017. En tant que militant dans sa section du 18e, Bertrand Delanoë est venu soutenir la ministre du Travail, ce qui a fait pencher la balance en sa faveur. En privé, l'ancien maire a lâché qu'il trouvait qu'Anne Hidalgo, son ancienne protégée, était devenue « un peu sectaire ». Ce qu'il dément devant nous : « C'est un mot que je n'ai pas prononcé ; j'ai soutenu Myriam par fidélité, car elle m'a bien aidé en tant qu'adjointe et qu'elle s'est toujours bien comportée. » Qu'il ait ou pas accusé Anne Hidalgo d'être sectaire, son vote en faveur de Myriam El Khomri « a été vécu à l'Hôtel de Ville comme un désaveu cinglant de l'actuelle maire de Paris, écrit *L'Obs* : Anne Hidalgo, qui doit sa carrière à Bertrand, a pris ce geste comme un affront, voire un camouflet. Il marque en tout cas une prise de distance de Delanoë par rapport aux méthodes brutales de son héritière. Bertrand Delanoë, premier opposant d'Hidalgo[1] ? » C'est en tout cas la fin d'une longue amitié. Dans l'interview qu'il nous a accordée, Bertrand Delanoë a réussi la performance de ne pas prononcer une seule fois son nom.

Myriam El Khomri a le triomphe modeste : « J'aurais naturellement préféré recevoir le soutien d'Anne Hidalgo, mais les militants ont fait un choix que chacun devra respecter, déclare-t-elle au *Parisien*[2]. J'ai été fière de contribuer à sa victoire aux municipales en 2014 et d'appartenir à sa majorité. Majorité à laquelle j'ai toujours apporté mon total soutien. » La ministre n'a tout de même pas pu se retenir d'écrire un tweet, le 5 janvier

1. *L'Obs*, 5 janvier 2017.
2. *Le Parisien*, 9 décembre 2016.

2017, à destination de la maire. Faisant allusion au droit à la déconnexion numérique, un des points de la loi travail qui porte son nom, Myriam El Khomri écrit : « Félicitations à la Ville de @Paris qui met en œuvre elle aussi le droit à la déconnexion LoiTravail. »

La maire a cependant gagné – provisoirement – cette partie : Myriam El Khomri a été battue aux législatives par un candidat LR rallié, comme elle, à Emmanuel Macron.

Mais le conflit le plus violent et le plus ancien oppose Anne à Ségolène. « La première fois que j'ai vu Anne Hidalgo, c'était en 2007, lors de la campagne de Ségolène Royal, au cours d'un dîner au Sénat, se souvient un député de droite. Elle m'a dit tout de go : "Quand est-ce que vous allez la sortir du jeu, celle-là ?" »

C'est clairement Hidalgo qui avait ouvert le feu, fin avril 2006, alors que Ségolène Royal était bien placée, face aux éléphants du PS Dominique Strauss-Kahn, Laurent Fabius et Jack Lang – son compagnon, François Hollande, ayant passé son tour –, pour représenter le parti à l'élection présidentielle de 2007. Première adjointe à la mairie de Paris, Anne fait partie des 143 femmes socialistes qui expriment leur « ras-le-bol » devant la « pipolisation » dont bénéficie, à ses yeux, la candidate à la candidature. « Tout est concentré sur les personnes, affirmait-elle alors. Je ne suis pas entrée dans la vie politique pour la pipolisation et les engagements médiatiques. » C'est une véritable déclaration de guerre, vécue comme une traîtrise. Vis-à-vis de Ségolène et, plus grave, vis-à-vis de la cause des femmes, l'une d'entre elles, pour la première fois, pouvant accéder à l'Élysée. Le fantôme de François Hollande rôde-t-il toujours entre Anne et Ségolène ?

Depuis, les deux femmes n'ont cessé de se cogner. La ministre de l'Écologie a fait feu de tout bois pour revenir sur l'arrêté interdisant les feux de cheminée en Île-de-France, six mois après l'élection d'Hidalgo à la mairie de Paris, en 2014. La ministre accuse alors AirParif d'être « un peu trop sectaire sur la question de la prise en compte de la pollution de l'air ».

Réponse en octobre de la même année. Face aux Bonnets rouges bretons, le gouvernement a reculé sur la taxe qu'il voulait imposer aux poids lourds en transit. Anne Hidalgo en profite et tacle la ministre qui refuse que soit testée la circulation des poids lourds sur le périphérique parisien, grâce aux portiques déjà installés. Décision prise par Ségolène Royal sans même prévenir la Ville. « Une mauvaise manière, un travail pas sérieux, commentait Hidalgo, furieuse. On ne peut se dire que l'on va accueillir la conférence climat dans un an et se mettre en retrait sur un tel sujet. »

En décembre 2016, alors qu'Anne Hidalgo impose des mesures coercitives, Ségolène Royal annonce des subventions nouvelles pour les véhicules électriques, notamment les camionnettes, et offre 1 000 euros pour les scooters électriques. Une façon claire d'opposer son écologie positive à l'écologie punitive de sa rivale.

Mais, au fond, ces bagarres perpétuelles ne sont-elles pas le principal moteur de notre « bienveillante » maire ?

11

La mystification AirParif

Pour asseoir son magistère en matière de lutte contre la pollution, la grande prêtresse Hidalgo, comme la plupart de ses ouailles, s'appuie sur les mesures d'une autorité jamais contestée. Pas touche à AirParif ! Chargée de mesurer la qualité de l'air en Île-de-France, cette agence bénéficie d'une forte crédibilité : les fanatiques de la chasse aux particules fines ne manquent jamais une occasion de souligner son indépendance et de s'appuyer sur ses chiffres. Elle est perçue comme neutre et techniquement pointue. C'est le propre de ces nombreuses agences créées et financées par l'État : elles lui permettent de crédibiliser sa politique, tout en faisant écran. Une crédibilité d'autant plus forte que leur cause est juste. C'est le cas d'AirParif et de toutes ses petites sœurs, en charge de mesurer la pollution de l'air dans les villes de plus de 100 000 habitants.

Mais la réalité est tout autre : AirParif sent la chlorophylle à tous les étages. C'est un essaim de Verts politisés. Certes, l'agence s'appuie sur une pléiade d'ingénieurs et de techniciens compétents et honnêtes, mais la plupart d'entre eux sont très engagés dans la bien-pensance de l'époque, à l'image de leur directeur général, dont le cursus est parlant : Frédéric Bouvier se dit « passionné d'environnement et de développement durable ». Il a été responsable des scouts et guides de France de 2008 à 2014, pour, explique-t-il sur Linkedin, « aider les jeunes à découvrir la vie en commun et les responsabilités, en profitant de la vie en plein air dans la nature ». Pendant près de quatre ans, il a dirigé le laboratoire central de surveillance de la qualité de l'air, un groupement d'intérêt scientifique chargé, entre autres, de « coordonner et renforcer la qualité du dispositif national, partager l'expertise et agir pour l'environnement ». Ex-baba cool amoureux de la nature, le directeur général d'AirParif veut faire le bien autour de lui. S'il n'est pas un Vert patenté, il s'inscrit dans cette mouvance.

Le cas de Jean-Félix Bernard, son président, est plus clair. En 2012, sa nomination à la présidence d'AirParif a suscité les hommages dégoulinants des écolos, toutes tendances confondues. Il est présenté dans les médias comme un technicien apolitique, au-dessus de tout soupçon. Alors qu'il a été longtemps conseiller régional (Vert) d'Île-de-France puis président et porte-parole du groupe des élus Verts au conseil régional ! Un Vert procédurier : en 1995, ayant pris pour avocat Arnaud Montebourg, après avoir mis en cause publiquement le RPR Michel Giraud, alors président de la région, il a initié la plainte qui a débouché sur l'affaire dite des marchés truqués des lycées d'Île-de-France, qui a impliqué tous les grands partis politiques français, à l'exception des Verts et du Front national.

Bien joué : depuis Bagnolet, dont il était l'élu, l'aimable Jean-Félix Bernard a donc fait tomber par terre l'entourage direct de Jacques Chirac, impliqué dans un système de corruption avéré. Mais dans les documents publiés par AirParif, on ne s'étend pas sur le passé engagé, et parfaitement honorable au demeurant, de son président.

Comment s'étonner, dès lors, du militantisme écolo d'AirParif, dont on dit, en plaisantant, qu'il a plus de communicants que de capteurs ? Le 17 mars 2014, aussitôt après une journée de circulation alternée, AirParif sort les trompettes en indiquant que la circulation a baissé de 18 % et la pollution de 6 % ! Une clairvoyance qui mérite d'être saluée car on ne voit pas à quel titre les capteurs d'AirParif lui permettent d'évaluer, à ce moment-là, avec une telle précision, la circulation. Quant à la baisse soudaine de la pollution, annoncée à grand fracas pour faire avancer la cause, elle ne doit rien, bien sûr, au vent fripon qui a poussé l'air de Paris... dans le Val-de-Marne.

Deux jours plus tard, le président d'AirParif monte en première ligne. Il dément publiquement que les centrales à charbon allemandes soient à l'origine de la pollution aux particules fines qui a touché l'Île-de-France. « On ne peut pas dire que c'est la faute de l'Allemagne, ce n'est pas scientifique, aucun ingénieur de chez nous n'a dit ça. » En bon soldat de la Légion d'Hidalgo, il ajoute : « C'est notre propre pollution qui est déterminante, avec la majeure partie due aux transports. » Jean-Félix Bernard pousse même le bouchon de sa démonstration au-delà du raisonnable lorsqu'il ajoute, sans rire, que « les centrales à charbon allemandes sont équipées de filtres solides pour les polluants nuisant à la santé ». Voilà donc condamnés les pots catalytiques français qui absorbent les particules émises par les voitures diesel et blanchis les filtres des centrales allemandes qui importent désormais massivement du charbon de Pennsylvanie, le plus polluant du monde. Plaisant à entendre, venant d'un ancien conseiller général Vert qui dénonçait jadis les pluies acides venues d'outre-Rhin !

Devant tant de mauvaise foi – il ne saurait être question d'ignorance –, quel crédit faut-il accorder à AirParif ? « La pollution aux particules fines est en réalité vingt fois moindre aujourd'hui qu'il y a quarante ans, et les alertes résultent pour beaucoup de l'abaissement administratif des seuils de déclenchement, affirmait, en 2014, Serge Federbusch. Il fallait donner des gages aux Verts avant les municipales. » C'est un fait : AirParif durcit régulièrement ses normes pour maintenir la pression sur la population comme sur le personnel politique et... justifier son rôle, voire son existence.

Agence militante, AirParif se trouve donc dans une situation cornélienne lorsqu'il s'agit d'afficher les résultats concrets des initiatives fumeuses de la mairie de Paris. En particulier lorsqu'il lui faudra évaluer la décision prise d'imposer la baisse de la vitesse maximale, de 80 à 70 km/heure, sur le périphérique parisien, une décision inutile dont le seul objectif était politique : stigmatiser – de nouveau ! – les automobilistes et particulièrement ceux, non parisiens, qui doivent se rendre d'une banlieue à une autre. Mais comme toujours, la propagande de la mairie avait justifié cette décision par la nécessité d'améliorer la sécurité et surtout de faire baisser les nuisances pour les riverains. Or, à l'heure du bilan, il apparaît que cette réduction de la vitesse maximale sur le périphérique parisien n'a eu aucun impact sur la sécurité, pas plus que sur le bruit et la qualité de l'air. Difficile à assumer dans ce nid de Verts, au service de la Cause.

Après discussions, un compromis interne a donc été trouvé : AirParif parlera d'une « infime amélioration » en se gardant de la chiffrer. On comprend pourquoi. En compilant, sur son site, les données des stations de mesure situées sur le périphérique, au centre de Paris, dans les forêts de Rambouillet et de Fontainebleau, il apparaît une baisse de la pollution entre 2013 et 2014, sans doute due à la météo et, pour l'essentiel, au renouvellement du parc automobile. Mais la baisse du niveau de particules et des dioxydes d'azote a été moins forte sur le périphérique qu'ailleurs ! Seul impact concret de la baisse imposée de la vitesse maximale sur le périphérique parisien : un triplement des flashs des radars fixes, avec ce que cela implique de surcroît de recette pour l'État.

Mêmes approximations sur les résultats, en termes de qualité de l'air, après la fermeture de la voie Georges-Pompidou, après les journées sans voiture ou les jours de circulation alternée. Jean-Félix Bernard a dû remonter très loin pour se justifier : « En 1997, la circulation alternée avait été efficace et avait entraîné une baisse de 20 % des dioxydes d'azote dans le centre de Paris. » On ne savait pas qu'ils étaient mesurés il y a vingt ans !

« AirParif a reconnu qu'il y avait moins de pollution sur les berges basses, où il n'y a personne, mais qu'elle avait augmenté sur les berges hautes, résume, en mai 2017, Jean-François Legaret, maire (LR) du 1er arrondissement. Mais Jean-Félix Bernard refuse de donner les chiffres, que l'on n'a toujours pas. »

Personne n'ose dire qu'une agence réputée sérieuse balance des chiffres au doigt mouillé, incapable de dire comment ils ont été obtenus. Personne, sauf… Ségolène Royal. En décembre 2014, la ministre de l'Écologie a même été parfaitement claire pour justifier son intention de revenir sur l'arrêté interdisant les feux de cheminée en Île-de-France. Sur BFMTV, elle a fustigé AirParif et ses « chiffres complètement faux qui attribuaient aux feux de cheminée la pollution majeure sur l'Île-de-France ». La ministre, ce jour-là, a mis les pieds dans le plat : « AirParif est un peu trop sectaire sur la question de la prise en compte de la pollution de l'air », a-t-elle déclaré, en lui conseillant « d'arrêter d'embêter les gens ». Accordant ses actes avec ses paroles, elle a, avec une certaine indépendance d'esprit, réduit les subventions attribuées à AirParif, conduisant le groupe écologiste au Conseil de Paris, en avril 2015, à adopter une requête demandant à Anne Hidalgo de défendre sa cause auprès de la ministre !

12

Petits arrangements entre amis

« Vous devriez voir Bernard Arnault et François Pinault, nous avait suggéré Matthieu Lamarre, conseiller à la communication d'Anne Hidalgo. La maire les aime beaucoup et c'est réciproque. » On le savait. Gauchiste d'apparence, la maire est à fond dans le capitalisme de connivence avec eux, comme avec Xavier Niel, les patrons d'Unibail et quelques autres : sur ce plan elle dépasse son mentor Bertrand Delanoë. Plus encore que le chantre parisien de la gauche plurielle, elle est soutenue par les cocos et les écolos, tout en étant cul et chemise avec les grands oligarques. « Elle a une véritable fascination pour le grand capital, affirme Nathalie Kosciusko-Morizet. Que n'aurait-on pas dit, à gauche, si Chirac ou Tiberi avaient affiché une telle connivence ! »

Il est vrai que la maire a de qui tenir. Arnaud Lagardère avait obtenu la concession du Racing Club de France à la Croix Catelan, dans le bois de Boulogne, grâce au soutien actif de Bertrand Delanoë. Qui a déroulé ensuite le tapis rouge à Bernard Arnault pour sa fondation du bois de Boulogne, construite en dérogation aux règles de l'urbanisme. Le chef-d'œuvre de Frank Gehry avait été présenté, dans un premier temps, comme un bâtiment d'un étage avec une mezzanine ! Il a fallu un vote du Conseil, en deuxième lecture, après un refus initial. Même les communistes ont alors soutenu le projet de Bernard Arnault ! « Plus ils sont à gauche, plus ils sont fascinés par le fric, les riches et les puissants, grince Serge Federbusch. Face à un Bernard Arnault qui les invite dans ses locaux somptueux au-dessus de la Belle Jardinière ou chez Dior, les politiciens socialistes sont fascinés, comme des lapins dans les phares d'une voiture. Anne Hidalgo, comme les autres et sans doute un peu plus. »

Y a-t-il un pacte secret qui unit la mairie de Paris, depuis l'époque Delanoë, au groupe Unibail-Rodamco, grand promoteur d'immobilier commercial, fleuron du Cac 40 ? Anne Hidalgo lui serait-elle redevable ? Évidemment non. Et pourtant, Unibail a fait de la publicité, en 2014, dans son journal de campagne, mais cela ne contrevient pas à la loi. Le groupe s'est vu renouveler son bail sur le parc des Expositions de la porte de Versailles, l'extension de la gestion du Forum des Halles et la promotion de la tour Triangle, un bâtiment de bureaux de 180 mètres de haut et de 42 étages, qui verra le jour en 2020 sur un site proche du parc des Expositions, dans le 15e arrondissement, chez Anne Hidalgo.

La tour Triangle ? « C'est moi qui l'ai lancée, lorsqu'elle était mon adjointe à l'urbanisme, affirme Bertrand Delanoë. Il n'y a pas de rapport avec les Halles. Simplement, le parc des Expositions devait être profondément rénové car il faut se battre pour conserver à Paris sa première place mondiale en termes de tourisme d'affaires. Dans ce cadre, il y avait le projet magnifique de la tour

Triangle que j'assume en lui-même, pas en compensation de l'argent qu'Unibail aurait perdu sur les Halles. »

Dans le Paris d'Hidalgo, Unibail est partout, à visage découvert et aussi plus insidieusement. NKM raconte qu'un préfet est venu la voir, en mai 2015, de la part du ministère de l'Intérieur, en tant que président de la commission supérieure des jeux, dans le cadre d'une étude sur l'implantation de casinos à Paris, qui pourrait rapporter 80 millions d'euros par an à la Ville. Quand le préfet se retire, il se trompe de carte de visite : celle qu'il donne à NKM le qualifie de « conseiller du président du groupe Unibail-Rodamco » !

Unibail détient ainsi les trois plus gros chantiers parisiens. *Le Canard enchaîné* a consacré, au fil des ans, plusieurs articles critiques sur les liens d'Unibail avec la mairie de Paris. En novembre 2010, est entérinée la rénovation du Forum des Halles pour 238 millions d'euros, en contrepartie d'un allongement de sa concession jusqu'à 2055. « La ville ne fait pas une bonne affaire. Elle est contrainte de brader son patrimoine et de privatiser son sol, déplorait alors Jacques Boutault, pourtant maire écolo du 2e arrondissement. Il aurait été juste qu'Unibail verse une quote-part plus importante car elle est l'une des entreprises les plus rentables du CAC 40 et va se retrouver propriétaire de 56 000 m² en plein cœur de Paris. » Auriez-vous vendu, comme Hidalgo, les Halles à Unibail ? demande-t-on à Bertrand Delanoë. Celui-ci, prudemment, botte en touche : « Je ne réponds pas à cette question. J'assume ce que l'on a fait jusqu'en avril 2014. » En clair, il désavoue.

L'explosion des coûts et les retards ont conduit la chambre régionale des comptes à se pencher sur ce qui pourrait être un véritable scandale de dilapidation des fonds publics, au seul profit d'Unibail. En mai 2017, on apprenait[1] que deux magistrats de la chambre régionale des comptes d'Île-de-France exerçaient leur mission de contrôle sur l'opération de rénovation des Halles de Paris et sur la société d'économie mixte (SEM) Paris-Seine, qui a piloté l'opération. En 2006, alors que Bertrand Delanoë était maire de Paris, le coût global était estimé à 250 millions d'euros. Il est passé à 650 millions en 2008 et à 820 millions en 2012 – hors taxes, a alors précisé la municipalité –, ce qui conduit au chiffre de 1,064 milliard TTC à mi-mandature d'Anne Hidalgo. Les magistrats semblent convaincus que le coût final sera supérieur. Il va falloir, en effet, étanchéifier la canopée. En effet – regrettable malfaçon –, la couverture des Halles laisse passer la pluie aux niveaux inférieurs. En plus des travaux, il faudra indemniser les commerces qui devront fermer momentanément. En particulier la Fnac, qui réalise là un chiffre d'affaires d'un million d'euros par jour. Sur 1,064 milliard d'euros, Unibail, gestionnaire du Forum, n'aurait dépensé que 163 millions selon les premières évaluations de la chambre régionale des comptes, l'essentiel étant venu de subventions publiques de la Ville de Paris, de la Région et de l'État. Pour ce prix, Unibail-Rodamco a donc obtenu 4 800 m² de surfaces commerciales supplémentaires et la nu-propriété de l'ensemble. Qu'il pourra revendre à son gré, après modernisation, aux frais des contribuables. Pourquoi un tel traitement ?

1. *Challenges*, 11 mai 2017.

En plus de la rénovation des Halles, Unibail a obtenu une rallonge (cinquante ans) de sa concession pour la gestion, fort rémunératrice, du parc des Expositions de la porte de Versailles, jusqu'en 2065. Une association de riverains avait porté plainte, dénonçant le « gigantesque cadeau » fait par la Ville au promoteur. Mais elle a été déboutée par le tribunal administratif. Simple première adjointe de Bertrand Delanoë, Anne Hidalgo avait alors assuré, dans une interview au *Journal du dimanche*, qu'il s'agissait d'une « bonne affaire pour les Parisiens ». Une si bonne affaire ?

En tout cas, la volonté de Mme la maire, sitôt élue, de dérouler le tapis rouge à Unibail est patente. Pour voir la tour Triangle sortir de terre, la maire semble prête à tout. Elle ne perd pas une seconde, en novembre 2014, pour en faire voter la construction. Comme la tour, Anne Hidalgo, qui vient d'être élue, a la tête dans les étoiles : elle a voulu passer en force, mais a essuyé un refus sec du Conseil de Paris, le centre et la droite s'étaient prononcés contre. Furieuse, elle affirme alors que le vote est « nul » parce que certains élus écologistes, du centre et de la droite, avaient brandi leur bulletin en séance, alors que le scrutin devait être à bulletin secret ! Ridicule ? Pas du tout : devant le tribunal administratif, le groupe socialiste obtient l'annulation du vote. « Il s'agit d'une sorte de 49-3 municipal », grincera en privé le Premier ministre Manuel Valls, aux prises avec les frondeurs – dont Anne Hidalgo, par l'intermédiaire de son mari Jean-Marc Germain – qui lui reprochent alors d'utiliser cet article de la Constitution pour faire adopter, en force, les lois Macron et El Khomri.

Un nouveau vote est donc organisé le 30 juin 2015. Dans un hémicycle bondé, Anne Hidalgo a défendu la tour Triangle comme « une formidable chance pour Paris et le Grand Paris, la chance de 500 millions d'euros d'investissement auxquels s'ajoutent 500 millions d'euros pour le parc des Expositions et 5 000 emplois » pour la construire. La tour sera « une œuvre d'art de plus dans une ville qui n'a jamais cessé d'en ajouter à son formidable patrimoine », a-t-elle ajouté. Alors que la gauche vote oui au nom « des emplois et de l'attractivité », pour les écolos, ce projet « énergivore » reste une « aberration ». « Des bureaux, des bureaux et encore des bureaux alors que Paris en compte plus de 1 million de mètres carrés vides », s'est exclamée Anne Souyris, coprésidente du groupe EELV. Marielle de Sarnez (Modem) conteste l'idée même de construire des tours à Paris et ajoute : « Nous ne sommes pas là pour entériner la stratégie d'un promoteur immobilier même s'il fait un chèque. » Mais six des neuf conseillers UDI et six autres, du groupe Les Républicains, ont retourné leur veste, malgré l'appel de Nathalie Kosciusko-Morizet, leur chef de file, à continuer de voter contre. NKM a concentré ses critiques sur le montage financier. « On est proche de la tour de Pise tellement cette tour penche en faveur d'Unibail », a-t-elle ironisé, fustigeant ce « cadeau » de la Ville au promoteur « que ne justifie ni la raison ni la morale ». Las ! Chef de file parisien de l'UDI, Éric Azière a justifié son revirement en prétextant qu'Unibail avait pris en compte sa suggestion de prévoir un hôtel de 120 chambres à la place de 7 000 m^2 de bureaux, sur un total de 70 000 m^2.

Grâce à ces défections, Anne Hidalgo obtient cette fois-ci le feu vert du Conseil de Paris, par une courte majorité de treize voix (87 pour, 74 contre), car le projet, en sept mois, a été remanié par Unibail « pour tenir compte des demandes des élus, dont celles de l'UDI », insiste-t-elle. Réfutant les lourds soupçons qui ont pesé sur ce projet, Jean-Louis Missika, adjoint à l'urbanisme, a nié l'existence de tout avantage accordé à Unibail et justifié la construction de la tour Triangle par le fait qu'à Paris une très grande quantité de bureaux est « obsolète ». « On ne casse pas la perspective pour faire plaisir à Unibail », grince Serge Federbusch qui nous montre, plan à l'appui, que la tour Triangle surgira dans l'axe du dôme des Invalides. Et s'insurge contre le fait que la tour ne sera pas implantée, comme prévu, sur l'emprise des halls du parc des Expositions, gérés par Unibail, mais sur une autre parcelle : « Le promoteur est gagnant sur tous les tableaux ! » Les Parisiens devront donc se faire à cette curieuse tour, si chère à leur maire.

Mauvaises rumeurs aussi sur plusieurs des 23 contrats du fameux projet « Réinventer Paris », lancé en 2014. C'est ainsi qu'un promoteur nous raconte avec force détails qu'un petit concurrent, Kalelithos, connu pour sa créativité et son intérêt pour l'environnement, a été retenu sur l'un d'entre eux ; que son directeur, Olivier Cantrel, avait été reçu par Jean-Louis Missika ; et que celui-ci lui aurait dit que la condition sine qua non pour obtenir son feu vert est qu'il mette 500 000 euros dans deux start-up qui lui sont désignées ; que Cantrel aurait refusé de prendre un tel risque, sans garanties. « Comme vous voudrez », lui aurait alors répondu Missika. Et Kalelithos n'a rien obtenu.

Évidemment interrogé, Olivier Cantrel nous livre une version différente, plus soft. « Je proposais un immeuble participatif en terre crue (*sic*). Je n'ai pas vu Missika en tête à tête. Je suis passé, comme tous les postulants, devant le jury final de trente personnes. “Pourquoi vous n'aidez pas les start-up ?” m'a demandé Missika devant tout le jury, qu'il présidait. Je n'avais pas compris que les promoteurs devaient être mécènes. Il m'a dit qu'un de ses objectifs était de promouvoir des start-up et qu'il fallait que j'installe, au rez-de-chaussée, un cabinet médical connecté. J'ai pris rendez-vous avec Ipsos Santé, le cabinet qui m'avait été désigné, spécialisé dans la consultation en ligne. J'ai vu l'un de ses dirigeants. J'ai compris que derrière, il y avait, notamment, la Banque publique d'investissement[1] et la mairie de Paris. Anne Hidalgo avait annoncé une bourse immobilière pour tous les finalistes. Ça n'a jamais eu lieu. Finalement je suis assez content de ne pas avoir mis le doigt là-dedans. »

De son côté, Jean-Louis Missika botte en touche : « Ce petit promoteur est revenu en deuxième phase sans Ipsos Santé, alors qu'il avait fait une proposition conjointe en première phase. Je lui ai dit que c'était un projet global. S'il est mauvais perdant, c'est son problème. Vous croyez que je vais m'amuser à ça ? »

On jase aussi à propos de l'attribution à différentes SCI, regroupées au sein du collectif Coulanges, d'un immeuble ravissant, place des Vosges. Inscrit aux monuments historiques en 1961, racheté par la Ville en 1972, l'hôtel de Coulanges, où a habité Mme de Sévigné jusqu'à son mariage, est actuellement occupé par la Maison

1. Créée en 2013 par François Hollande, la BPI regroupait Oséo, chargé de financer les PME, et deux filiales de la Caisse des dépôts et consignations.

de l'Europe et la direction municipale des affaires culturelles, qui vont déménager. L'hôtel a été squatté pendant un an à partir d'octobre 2009 par des jeunes précaires du collectif Jeudi Noir, qui en ont fait un symbole de l'enjeu des logements vacants à Paris.

Derrière le collectif Coulanges, se dissimule cependant un acheteur principal, pour 31,5 millions d'euros, soit 13 700 euros le m^2. Il s'agit de Xavier Niel, fondateur, vice-président et directeur délégué d'Iliad, la maison mère de Free, et, heureuse coïncidence, ami proche de Jean-Louis Missika. Delphine Arnault (fille de Bernard Arnault et épouse de Xavier Niel) a pris 1 %. Niel s'est, selon *Challenges*, juste engagé auprès de la mairie de Paris à créer un espace culturel ouvert au public, a priori sous les arcades de l'hôtel, déjà divisé en quinze appartements. Il semble que Bernard Arnault soit lui aussi impliqué et que l'hôtel de Coulanges serait reconverti en écrin de choix pour les défilés de haute couture et autres activités de luxe. À voir.

Xavier Niel est toujours à l'affût à Paris, mais il n'aime pas que cela se sache. Un article retrace ses foisonnantes activités immobilières : « Une seule chose est sûre : Niel est l'homme avec qui il faut être associé si l'on veut convaincre la mairie de Paris sur un dossier. Vinci Immobilier, qui était ravi de l'avoir comme partenaire dans un projet d'hôtel 4 étoiles en adjudication dans la zone Seine Rive gauche, l'a appris à ses dépens : après six mois de travail en commun, le milliardaire a tourné casaque et a rejoint une équipe concurrente, celle de la Compagnie de Phalsbourg. Le 19 avril 2017, Bouygues, Phalsbourg, Kaufman & Broad, Nexity et Vinci ont été entendus par la Ville de Paris. C'est la Compagnie de Phalsbourg avec Xavier Niel qui a été retenue. Elle offrait sans doute le meilleur deal possible. “Jamais je n’ai vu cela depuis vingt ans que je suis dans le métier, constate le promoteur lâché. Comme si rien de ce qui jouxte la Halle Freyssinet ne pouvait lui échapper[1].” » Une Halle Freyssinet achetée 70 millions d’euros à la SNCF par la mairie de Paris et revendue au même prix à Niel, qui y a engagé près de 180 millions de travaux pour y installer un millier de start-up sur 34 000 m². Le journal poursuit : « “Il ne fait pas cela pour de l’argent, il est très attaché à Paris et à son développement”, renchérit Jean-Louis Missika, qui a été vice-président d’Iliad, la maison mère de Free, en 2007. » L’homme que tout Paris considère comme une créature de Niel assume avec panache ses amitiés.

Il s’est ainsi retrouvé au centre de plusieurs controverses. Ancien communicant passé par le groupe Editis et les instituts de sondage TNS-Sofres et BVA, ancien chef du service d’information du gouvernement Rocard, fondateur de sa propre société, JLM Conseil, cet homme sympathique est, à tout le moins, éclectique, ce qui lui vaut un procès permanent pour mélange des genres.

En 2007, Xavier Niel le nomme vice-président d’Iliad, pour l’influence qu’il lui prête auprès des politiques. Mais Missika va, en même temps, faire la campagne pour la réélection de Bertrand Delanoë, qui le nomme, en 2008, adjoint en charge de l’innovation, de la recherche et des universités. Il démissionne de chez Iliad. « Un sacrifice », dira-t-il à l’époque. Mais les deux hommes restent très proches. « C’est clair, Xavier Niel est devenu un ami », nous confirme-t-il. En lien avec Anne Hidalgo, il a piloté

1. *Challenges*, 22 septembre 2016.

le projet d'incubateur géant pour start-up à la Halle Freyssinet, financé à 90 %... par Xavier Niel. Il assume et s'affiche avec lui, assistant à ses côtés à la conférence de presse de lancement. Comme Niel, Missika découvre, lance et soutient de nombreuses start-up, dont il reste souvent actionnaire. Une activité utile, amusante et très rémunératrice, dès lors que les risques sont répartis sur de nombreuses jeunes pousses : beaucoup iront au tapis, certaines prospéreront et parfois surgira une licorne, qui rapportera des centaines de millions, voire des milliards. Rebaptisée Station F, la Halle a été inaugurée le 29 juin par Emmanuel Macron : tout le monde adore les start-up !

Parmi les 23 projets de « Réinventer Paris », le plus emblématique, le plus gros et le plus controversé est celui dit « Morland, mixité capitale ». Situé rive droite, face à la bibliothèque François-Mitterrand, c'est un immeuble énorme, construit au départ pour abriter la préfecture de la Seine, encore occupé par les services de la mairie, qui l'a vendu pour 133 millions d'euros à la Société parisienne du nouvel arsenal (SNPA), dans laquelle sont présents Xavier Niel, son beau-père Bernard Arnault et Laurent Dumas, patron d'Emerige, officiellement maître d'œuvre. Jean-Louis Missika a dit que Morland devait être un « bouquet japonais de tous les projets urbains ». Sont prévus, pour 300 millions d'euros, la construction de logements, permanents et temporaires, de bureaux, d'une auberge de jeunesse de 404 lits, d'un hôtel de 147 chambres, d'une crèche pour 66 bambins, d'une piscine, de commerces de proximité, d'un marché alimentaire, d'un espace culturel et, forcément, de zones d'« agriculture urbaine », si chères à la maire ! Comme les logements sociaux : il y aura ainsi 37 % de HLM. « C'est ce qui nous a séduits dans ce projet », nous assure Jean-Louis Missika. On veut bien le croire. Mais des voix nombreuses s'élèvent contre les méthodes de désignation du lauréat, tant sur le plan légal que sur le plan démocratique. Selon *Le Canard enchaîné*, cette société a reçu l'appui constant et déterminé de la Ville de Paris. Des accusations bien entendu réfutées par la mairie.

Il reste que Mme la maire, qui se revendique toujours du PS, dirige d'une main de fer la moindre opération immobilière. Comme tout ce qui touche à son fief.

Et si tout ce beau projet de « Réinventer Paris » était à refaire ?

Un jugement du tribunal administratif de Paris, prononcé le 31 mai 2017, bloque désormais la reconstruction du cinéma et du restaurant de Thierry Marx dans l'est de la capitale. La procédure qui avait attribué la salle à l'exploitant David Henochsberg, d'Étoile Cinéma, est annulée. La Ville de Paris doit verser la somme de 1 000 euros à l'association Le 14, avenue-Parmentier, qui avait porté plainte. La maire a décidé de faire appel.

Dans leur jugement, les juges du tribunal administratif de Paris soulignent sans complaisance que la maire de Paris n'a pas respecté les règles qu'elle s'était elle-même fixées pour la constitution et le fonctionnement des jurys. La composition du premier jury qui avait sélectionné les projets de David Henochsberg, de Julie Gayet alliée à Xavier Niel, à la société Haut et Court, autre exploitant de salles parisiennes (Louxor, Nouvel Odéon) et enfin au producteur Dominique Besnehard, n'a jamais été détaillée. Quant au « jury international » qui devait trancher, en dernière instance, sur les vingt-trois membres votants, quinze étaient des élus municipaux ! Sur les dix membres non votants, tous étaient des fonctionnaires des services de la Ville de Paris... Les juges ont regretté que les qualités, l'origine, les modalités de désignation et le rôle des « membres invités » ne soient pas connus.

La maire de Paris a fait appel. Normal : avec ce jugement, ses vingt-deux autres projets de « Réinventer Paris » peuvent être remis en cause, car les appels d'offres suivaient tous la même procédure.

13

Écologie punitive

En même temps que la fermeture de la voie Georges-Pompidou, Anne Hidalgo a cru devoir monter une nouvelle offensive contre une partie des Parisiens qui ne goûtent pas aux « mobilités douces » : il s'agit de la circulation alternée, décidée pour la première fois en 1997 par le préfet de Paris pour diminuer le taux de dioxyde d'azote dans l'air, mais peu utilisée. À quoi s'ajoute, aujourd'hui, le besoin devenu impérieux de limiter le nombre de ces fameuses particules fines en suspension dans l'air. En période de pic de pollution, on a donc interdit la ville, les jours pairs, aux voitures particulières dont la plaque d'immatriculation se termine par un chiffre impair, et l'inverse pour les jours impairs. Immense opération de communication qui a permis à la secte du Temple Vert de se mettre en avant pour la bonne cause, au détriment des vilains automobilistes.

Bienvenue chez Kafka ! Comme pour les journées sans voiture, les dérogations furent nombreuses : voitures électriques ou hybrides, celles emportant plus de trois personnes (assurant du covoiturage), véhicules d'urgence (pompiers, ambulances...), ou conduits par des handicapés, camions frigorifiques, cars de tourisme, taxis, voitures d'auto-école, engins de chantier, de dépannage, de déménagement, de nettoiement, bennes à ordures, transports de fonds, de journaux, postaux, camions-citernes, etc. Finalement, seuls les particuliers étaient visés. Ils le méritaient car, comme ne manque pas de le dire Anne Hidalgo, les deux tiers des automobilistes parisiens appartiennent à des catégories sociales mal vues. « Les automobilistes et conducteurs de deux-roues motorisés de catégories socioprofessionnelles défavorisées, n'ayant pas les moyens de se déplacer autrement qu'avec leur véhicule, sont très minoritaires, peut-on lire sur le site de la mairie. En effet, 64 % des automobilistes et conducteurs de deux-roues motorisés circulant dans le centre de Paris sont des cadres (catégorie CSP+). Ce ne sont pas les plus défavorisés qui roulent majoritairement à Paris ! » Bref : ils seraient donc bons à jeter aux chiens. Bel exemple de racisme social à rebours ! D'ailleurs, la bienveillance ne s'applique désormais pas plus aux scooters et aux motos qu'aux automobilistes : eux aussi ont de plus en plus droit aux PV et même à l'activisme de la Fourrière...

Il reste qu'on a été, une nouvelle fois, face à une splendide opération de communication : « La circulation alternée est une mesure d'affichage qui génère surtout la pagaille », affirme Didier Bollecker, président de l'Automobile Club Association (ACA). Naturellement, ceux qui défendent les automobilistes sont tous sur la même longueur d'onde. Plus surprenant : de l'avis même des associations écologistes, la mesure est stupide dans son principe et inefficace dans son application puisqu'elle conduit à interdire Paris aux voitures modernes, de petite cylindrée, qui consomment et polluent peu, et à autoriser les gros 4 × 4 diesel, y compris les plus vieux, non dotés de pots catalytiques. Elle est de plus bien compliquée à mettre en œuvre et à faire respecter, tant elle est stupide et impopulaire, sauf à mobiliser tous les policiers disponibles qui, en période d'état d'urgence, ont peut-être d'autres priorités. « La circulation alternée a pour seul avantage de faire prendre conscience du problème de la qualité de l'air, mais n'a médicalement aucun intérêt », avait déclaré, en 2014, le pneumologue de La Pitié-Salpêtrière Bertrand Dautzenberg, président de l'Office français de prévention du tabagisme, lors de l'expérience de circulation alternée à laquelle Anne Hidalgo s'était d'ailleurs opposée.

En effet, malgré ses grandiloquentes déclarations, la grande prêtresse de la Secte sait à quel point la circulation alternée est impopulaire : elle y était hostile… en mars 2014, à la veille de son élection. Normal : il lui fallait alors capter les voix des automobilistes.

On est en pleine campagne pour la conquête de la mairie de Paris qui oppose Anne (Hidalgo), pour le PS, à Nathalie (Kosciusko-Morizet), pour l'UMP. Un épisode de plusieurs jours de pollution conduit le gouvernement à envisager l'instauration de la circulation alternée à Paris. « À l'époque, Mme Hidalgo freinait des quatre fers, craignant de fédérer la colère des automobilistes et de compromettre sa conquête de la capitale », écrira, plus tard, *Le Monde,* le 21 mars 2015. Au bout d'une semaine de tergiversations, la circulation alternée sera finalement instaurée le 17 mars 2014, au moment même où un petit vent d'ouest, la nuit précédente, a chassé les vilaines particules.

L'année suivante, en 2015, Paris subit un nouveau pic de pollution, alors que la France appelle à voter aux élections départementales, le dimanche 22 mars. Mais tout a changé puisque Anne est désormais la maire de Paris. Elle n'a plus besoin des voix des automobilistes. Élue depuis un an, euphorique, elle se déchaîne alors pour que le préfet ordonne la circulation alternée. Au bal des opportunistes, la Belle de Cadix n'a jamais fait tapisserie. « Cette fois, Mme Hidalgo a tourné casaque, observera Jean-Yves Nau dans *Le Monde*. Il faut dire qu'elle n'a pas à craindre le résultat des urnes car les Parisiens ne votent pas aux élections départementales ; nous voyons ici des considérations politiciennes à court terme parasiter la prise de décision en matière de santé publique. »

La preuve est ainsi faite : Anne s'affiche fanatique de la circulation alternée pour complaire à l'aversion de la voiture de ses électeurs bobos, qu'elle caresse dans le sens du poil, mais Hidalgo sait, elle, parfaitement que cette mesure imposée agace un grand nombre de Parisiens – les banlieusards n'existent pas pour elle.

Cette solution s'est, par surcroît, révélée socialement très injuste. « Sont pénalisés en premier ceux qui sont trop pauvres pour habiter à Paris, trop pauvres pour acheter une voiture moderne et non polluante, et trop pauvres pour pouvoir se passer de travailler », résume Éric de Caumont, avocat spécialisé dans les dossiers automobiles.

Cet épisode va être l'occasion d'une nouvelle prise de bec publique avec Ségolène Royal. Dès le jeudi, la maire de Paris réclame la mise en place de la circulation alternée, que refuse la ministre de l'Écologie car, si Paris ne vote pas, la campagne électorale est en cours dans les départements limitrophes. « Je m'interdis de décider sur de l'émotionnel démagogique, se justifie Ségolène lors d'une conférence de presse. Une décision de restriction des libertés, cela se fait dans le respect de l'État de droit. Il ne faut pas confondre vitesse et précipitation. » Ulcérée, Anne Hidalgo affiche son mépris habituel en faisant répondre à la ministre par son adjoint aux transports : « L'État est une nouvelle fois à contretemps. La question est de prévenir les pics de pollution, et non de réagir après, une fois que le mal est fait. Or, poursuit Christophe Najdovski, même si la pollution baisse ce week-end, il est possible que nous connaissions un nouveau pic lundi. »

Les deux femmes se lancent dans une bataille de tweets : après le refus de la ministre d'appliquer la mesure dès vendredi, la maire de Paris écrit : « La santé des Parisiens ne se négocie pas. Je maintiens ma demande de mise en place de la circulation alternée. » Ségolène Royal lui répond, sur le même mode : « Ce qu'il faut à Paris et dans les grandes villes, c'est une vraie politique du transport propre pour tous les jours. Pas des décisions punitives. » Elle ne veut pas des « contraintes » que la circulation alternée « fait peser sur des centaines de milliers de gens ».

Face à cette ministre, qu'elle déteste – mais elle déteste tant de gens ! –, la Reine des bobos active ses réseaux dans la presse qui lui est acquise, notamment auprès des journalistes qui suivent l'actualité municipale, toujours aussi bienveillants que du temps des Chirac, Tiberi ou Delanoë, mais surtout auprès des membres de la Secte, ceux qui se sont spécialisés dans les dossiers d'environnement. Devant elle, les micros se courbent et les plumes font la révérence. À les écouter, en exagérant un peu, le dioxyde d'azote et les particules fines auraient sur l'homme des conséquences aussi dangereuses que la vérole et la peste noire. C'est donc par miracle que, dans un tel environnement mortifère, l'espérance de vie des Franciliens, déjà supérieure à la moyenne nationale, ne cesse de progresser d'un trimestre tous les quatre ans !

« Depuis cinq jours, les Parisiens vivent sous une chape de particules fines, d'ozone et de dioxyde de soufre, les bronches exposées, les yeux et la peau irrités, sans qu'aucune mesure sérieuse ne soit prise par le gouvernement », écrit *Le Monde*. « L'air de la capitale est irrespirable, peut-on lire dans un éditorial, sans doute écrit à destination des seuls lecteurs de province, tant le tableau est noirci par rapport à ce que vivent les Parisiens. L'exécutif regarde ailleurs, vers l'horizon des élections départementales, un scrutin à haut risque pour la gauche. »

La maire, qui n'est pas du genre timide, demande alors au président de la République d'arbitrer entre Ségolène Royal et elle ! Ceux qui connaissent l'ancienneté et la complexité des relations entre François Hollande et chacune de ces deux femmes s'amusent : de quel côté va-t-il trancher ? Ni pour l'une ni pour l'autre, bien entendu : la circulation alternée sera bien mise en œuvre, mais à partir du lundi 23 mars, c'est-à-dire au lendemain des élections départementales : la mesure n'a plus alors aucun sens puisque le nuage de particules fines a disparu.

C'est une sorte le malédiction : le temps de prendre la décision d'embêter des centaines de milliers de Franciliens, la pollution s'est envolée. C'est ce qu'on constatera à nouveau, en décembre 2016, où deux pics de pollution interviendront le 1er et le 2 (215 et 142 mg par m^3) sans qu'aucune mesure spécifique ne soit prise. Les autorités se réveilleront la semaine suivante, pour imposer quatre jours de circulation alternée, alors que l'on est retombé autour de 80/90 mg. Les conditions climatiques avaient changé dans la nuit où la circulation alternée prenait effet : elle ne servait strictement plus à rien mais la communication et l'élan administratif l'avaient emporté. Il y eut donc 4 000 PV inutiles et une perte sèche de plusieurs millions d'euros de recettes pour le syndicat des transports d'Île-de-France qui avait mis en œuvre la gratuité.

Si le but réel était de punir et de dégoûter les automobilistes, il a été largement atteint dès le premier jour : on a compté 100 km de bouchons supplémentaires ! Tout le nord de Paris a été bloqué, avec le lot de pollution et d'énervement qu'on imagine. En réalité, la circulation alternée n'était pas seule en cause. C'est la rupture d'une caténaire qui a immobilisé le RER B, interdisant l'accès à l'aéroport de Roissy-Charles-de-Gaulle. Et le lendemain, ce fut pire : une caténaire sur le réseau nord de la SNCF rendait l'âme. Il a fallu refaire, à façon, les pièces qui n'étaient plus fabriquées depuis longtemps : les réparations dureront jusqu'au mercredi après-midi. Un million de voyageurs, qui passent habituellement par la gare du Nord, sont bloqués. La simultanéité de cet événement concret et douloureux – comment rentrer chez soi, récupérer les enfants, etc. – avec cette initiative de circulation alternée prônée par des idéologues fanatiques, coupés de la réalité, est plus parlante que tous les discours. Le décalage est total entre le Paris Potemkine de la Reine des particules et la réalité que vivent bon nombre de Parisiens et banlieusards, dont la première des préoccupations n'est pas de se mettre nu ou de faire de la balançoire sur les berges de la rive droite, mais de pouvoir travailler ou obtenir une place en crèche. La vraie vie des vraies gens. Y compris pour les électeurs d'Anne Hidalgo.

Sentant le vent tourner, la courageuse élue va d'abord réagir, comme à son habitude, en rejetant la faute sur les autres. Après Ségolène Royal, elle va donc s'en prendre à Valérie Pécresse : « Il y a eu de gros problèmes dans les transports en commun et je demande à la présidente de la région de se consacrer à sa tâche plutôt que d'être toujours en train de polémiquer sur d'autres sujets. » Allusion transparente à la piétonisation des berges rive droite. La maire attaquait en outre sa rivale en affirmant, à tort, qu'elle ne respectait pas le calendrier de sortie du diesel des bus en Île-de-France. Une critique immédiatement contestée par Valérie Pécresse qui en fait porter la responsabilité à l'État : au fil des années, il a laissé tomber en déshérence l'entretien du réseau ferroviaire français, hormis celui des TGV, déjà très dense, dont Anne Hidalgo veut tripler le nombre !

Logiquement, devant le désastre du million de voyageurs coincés par les ruptures de caténaires, la présidente (LR) de la région Île-de-France avait demandé la suspension de la circulation alternée « tant que la situation ne sera pas revenue à la normale » sur le réseau SNCF. Comment mettre en balance un éventuel danger virtuel, à long terme, et un désastre immédiat pour un million de personnes ? Aux ordres de François Hollande et de Manuel Valls qui, politiquement, n'étaient pas en état d'ouvrir un conflit avec Anne Hidalgo, le préfet de police annonce que la circulation alternée des voitures sera reconduite le jeudi à Paris et dans 22 communes de la petite couronne, pour le troisième jour consécutif, ce qui ne s'était jamais produit auparavant.

Deuxième ligne de défense, face au désastre : la maire va réunir un aéropage de pneumologues, ceux-là mêmes qui avaient déjà, en septembre, publié un « cri d'alarme » sur la pollution de l'air. L'occasion est belle. Elle profite du moment de folie qui saisit les médias pour jeter de l'huile sur le feu. « Paris vit le pic de pollution le plus grave de son histoire, affirme-t-elle, tout habillée de noir. Une pollution qu'on ne peut pas nier puisque tout le monde la ressent. » Problème : pas nous. Alors que, sur les écrans télé, la tour Eiffel est nimbée de brume, on la regarde en plein soleil, dans toute sa splendeur. Mme la maire affirme ensuite, mensonge sans cesse répété : « Cette pollution vient de l'automobile. » Elle ajoute, dans la lignée de ceux qui veulent toujours éduquer le peuple, le faire entrer dans son moule : « Il faut un changement des comportements, un changement culturel profond. »

Relayés par les médias, ses services affirment que les consultations pédiatriques ont augmenté « de près de 35 % ». Sans doute pas assez pour affoler les foules. Un peu plus tard, devant les caméras de BFMTV, sur le parvis de l'Hôtel de Ville, au sortir de la réunion avec les pneumologues, un adjoint, en charge de la santé, affirme sérieusement que « les consultations des pédiatres ont été multipliées par 300 » ! Ce chiffre ridicule passe comme une lettre à la poste.

D'ailleurs, avec un tel matraquage médiatique, sans doute efficace auprès des esprits faibles, comment s'étonner d'une hausse des consultations pédiatriques, avec des parents qui invoquent, terrorisés, le pic de pollution ? Alors qu'il s'agit, à l'évidence, du pic de la connerie ! Heureusement, les pédiatres ne sont pas tous réquisitionnés au service de la démagogie de Mme la maire, en phase avec leurs propres intérêts. « Il y a effectivement une petite poussée de bronchiolite, mais elle était antérieure à ce pic de pollution, affirme tranquillement, sur LCI, Bertrand Delaisi, un pneumo-pédiatre-allergologue réputé : une chose est claire, on n'est absolument pas dans un drame, ni même dans une crise sanitaire. »

En France, la limite acceptée est de 30 mg de particules par mètre cube d'air en moyenne annuelle. En dessous de 50, il ne se passe rien. Au cours de cette semaine aux airs d'apocalypse, ce chiffre est monté un jour à 215, le lendemain à 142, avant de retomber à 80. Alors qu'à Pékin, à Mexico, à Lagos et dans la plupart des capitales des pays émergents, on se balade souvent entre 500 et 1 000, et ce de façon régulière. On notera d'ailleurs que les 1 000 mg sont souvent atteints… dans le métro parisien. De toute façon, c'est l'exposition annuelle qui peut, éventuellement, entraîner des désagréments et avoir un impact sur la santé, non des dépassements ponctuels.

Mais qu'importe. Le but, en partie atteint par la Secte, est d'inscrire le syllogisme suivant dans les esprits : la pollution tue ; elle est due aux voitures, donc les voitures tuent ; il faut donc supprimer les voitures !

Le comble du ridicule sera atteint le 17 décembre 2016, premier jour des grands départs en vacances de fin d'année et dernier samedi, consacré aux achats, avant Noël. Surprise : la circulation alternée est de nouveau imposée par le préfet Michel Cadot, toujours sous la pression d'Anne Hidalgo. C'est la goutte d'eau qui fait déborder le vase. « Les petits commerçants sont pris en otages par une décision de façade, affirme Francis Palombi, président de la Confédération des commerçants de France.

Alors que le mois de décembre représente à lui seul 20 à 60 % du chiffre d'affaires annuel des magasins d'alimentation et de jouets, ils souffrent déjà de la crise économique, des attentats et, à Paris, de la fermeture des voies sur berge. Cela devient insupportable, incohérent et surtout incompatible avec ce que les citoyens vivent au quotidien. » La mesure est d'autant plus incompréhensible que ce samedi, la limite du niveau d'alerte de 80 mg de particules par mètre cube n'a pas été atteinte. Avec 39 mg, on est même dans la normalité. Que s'est-il passé ? À la demande d'Anne Hidalgo, la décision d'imposer la circulation alternée a été prise « par anticipation », selon le communiqué de la préfecture de police de Paris.

Cette fois, trop, c'est trop. On va donc vite rétropédaler. Comme par miracle, les prévisions d'AirParif sont rectifiées. Et le préfet Cadot, fan de Vélib, peut annoncer le retour à la circulation normale pour les jours suivants. Honteuse mascarade.

De toute façon, déjà peu respectée, la circulation alternée l'était de moins en moins au fil des jours. Lors des blocages des lignes SNCF, les Franciliens, privés de trains, interdits de voiture, ont réagi calmement à la violence qui leur était faite : ils ont pris leurs voitures, sans se soucier de savoir si leur plaque d'immatriculation se terminait par un chiffre pair ou impair, prenant le risque très limité d'avoir à payer une contravention de 35 euros, réduite à 22 euros si elle était réglée sur-le-champ. Une manière de faire un pied de nez gigantesque à la mairie et à l'État. Mesurant sans doute la réalité des rapports de force, le courageux préfet Cadot, lors de ce fameux samedi 17 décembre, avait d'ailleurs annoncé publiquement avoir demandé aux policiers de faire preuve de « discernement ». Tout le monde a compris. Et chacun, bien sûr, n'en a plus fait qu'à sa tête.

Fermeture des voies sur berge, circulation alternée, forces de l'ordre occupées à des tâches de sécurité autrement importantes : on a alors assisté à un relâchement complet des automobilistes parisiens vis-à-vis des normes qui leur étaient imposées : c'est notamment le cas des feux rouges, mais aussi des couloirs de bus, désormais empruntés sans vergogne par un nombre croissant d'automobilistes excédés. Voilà bien la transcription, sur la voirie parisienne, du vieil adage : « Trop d'impôt tue l'impôt. » Ou : quand on veut trop en faire, on se plante. Ségolène Royal n'avait pas si tort quand elle évoquait, pendant sa campagne de 2007, « l'ordre juste, à mi-chemin entre le capitalisme débridé et le totalitarisme de gauche ». Avec Anne Hidalgo, il est plus juste de parler d'activisme borné. Donc contre-productif.

Parisiens et banlieusards ne s'y sont pas trompés : ce choix d'imposer la circulation alternée a obéi à des critères exclusivement démagogiques et politiques. Cette fois, l'aveu est venu de la bouche même de l'adjoint chargé des transports. Le Vert Christophe Najdovski a lui-même reconnu devant des auditeurs énervés d'Europe 1 : « C'est mieux que de ne rien faire, cette mesure a surtout une haute valeur symbolique. » Ben voyons !

Depuis le 15 janvier 2017, la circulation alternée a été remplacée par un nouveau système de vignettes apposées sur les pare-brise en fonction de l'âge des voitures et de leur niveau de pollution, l'objectif étant de supprimer les diesels à l'horizon 2020. Il en coûte 4,17 euros pour tout Français souhaitant circuler à Paris. Un système qui a pour effet de faire entrer des dizaines de millions d'euros dans les caisses de la mairie de Paris. Mais il s'agit d'une véritable usine à gaz discriminatoire, excluant de Paris les détenteurs de voitures anciennes, dont la valeur de revente va s'effondrer. Discrimination aussi sur le plan géographique. Un sujet grave que Philippe Lévêque, maire de Montgru-Saint-Hilaire, une commune de trente-cinq habitants située dans l'Aisne, à 100 km de Paris, a traité par l'humour : il a fait voter par son conseil la mise en place d'une vignette de 5 euros destinée aux Parisiens voulant stationner dans son village. « Pour les Parisiens ayant acheté une vignette, le stationnement sera gratuit, plaisante le maire. De toute façon, chez moi, il n'y a pas de parcmètres... »

On n'en a pas fini avec la chasse aux voitures : dès qu'elle a été élue, Madame Punition a augmenté en catimini les tarifs du stationnement parisien de manière massive (+180 % !). Forte des nouveaux pouvoirs que lui a accordés François Hollande, au détriment du préfet, dans une des dernières lois désastreuses votées sous son quinquennat, elle espère soutirer 300 millions par an des poches des Franciliens motorisés en privatisant le stationnement. Dans une interview au *Journal du dimanche*[1], elle sort sa machine à culpabiliser les automobilistes. « 91 % ne mettent pas d'argent dans le parcmètre. C'est de la fraude et c'est scandaleux ! Cela représente chaque année pour la Ville un manque à gagner de 300 millions d'euros, l'équivalent du coût annuel de fonctionnement de toutes les crèches parisiennes ! » Un mensonge de

1. *Le Journal du dimanche*, 23 octobre 2016.

plus, si l'on en croit *Marianne*[1] qui, le 22 novembre 2016 dans l'après-midi, a fait contrôler par huissier un échantillon de 86 places de stationnement situées dans les 15e et 8e arrondissements. Le taux de véhicules en règle est de 57,1 %. On est loin du « tous voleurs ! » brandi par la maire. « C'est la preuve que les chiffres de la mairie sont faux », attaque Pierre Chasseray, délégué général de l'association 40 millions d'automobilistes.

Assise sur ces contrevérités, Anne Hidalgo a fait adopter par le Conseil de Paris, la semaine suivant ses propos, une petite révolution... libérale : à compter de janvier 2018, le contrôle du stationnement en surface sera privatisé.

Dépénalisé, décentralisé, privatisé, automatisé, le stationnement et son contrôle vont se transformer en une énorme machine à cash pour la mairie, qui encaisse déjà, aujourd'hui, 93 millions d'euros par an grâce aux parcmètres et 36 millions d'euros que l'État lui reverse au titre des 6,1 millions de PV dressés (et payés) à Paris, sur les 140 000 places payantes. Dès le 1er janvier 2018, les automobilistes parisiens ne verront plus déambuler sur les trottoirs les pervenches qui renseignent les procès-verbaux sur leur boîtier électronique. « Le prestataire devra moderniser les pratiques de contrôle, en utilisant notamment des moyens numériques et automatisés, comme pour la lecture des plaques d'immatriculation, explique-t-elle, citant Madrid en exemple. Là-bas, l'ancienne filiale du groupe Vinci, Indigo, a hérité du marché de stationnement en surface et développé en

1. *Marianne*, 25 novembre 2016.

effet des techniques de paiement et de vérification bien plus efficaces que ce qui se pratique à Paris aujourd'hui. »

Lorsqu'il règle son stationnement, sur une borne ou sur son smartphone, l'automobiliste madrilène renseigne la plaque d'immatriculation de son véhicule. Indigo fait ensuite circuler dans les rues une noria de scooters et de voitures équipés de caméras capables de lire ces plaques. De quoi contrôler 1 500 véhicules à l'heure ! Impossible de passer à travers les mailles de ce filet numérique, qui est en train d'être mis en place à Paris aussi.

Pour l'instant, Anne Hidalgo assure que le tarif du stationnement – 2,4 à 4 euros de l'heure – restera inchangé. Elle n'a toutefois pas encore annoncé le futur montant de l'amende pour non-paiement. Mais la mairie envisage de le faire passer de 17 à 36 euros. Au final, cette batterie de mesures devrait grever lourdement le portefeuille des automobilistes parisiens ou banlieusards de passage.

Destinée à renflouer en partie les caisses vides de la Ville, cette privatisation – ce mot lui brûle les lèvres – enrichira un peu plus Vinci, déjà propriétaire de parkings souterrains, si elle suit l'exemple madrilène. La maire va ainsi créer des emplois privés, sans diminuer les emplois publics, puisque les 1 600 pervenches seront bien entendu conservées, vaguement reconverties vers des services publics prioritaires comme la sécurité et la propreté, embryon d'une police municipale qui ne dit pas son nom. Toujours ce double langage !

14

Une politique du logement provocatrice

L'affichage est résolument de gauche : Anne Hidalgo veut 30 % de logements sociaux dans Paris à l'horizon 2030, au nom de cette belle idée qu'est la mixité sociale. Problème : vue par cette idéologue, la mixité n'a plus rien à voir avec celle des immeubles haussmanniens où les commerces occupaient jadis le rez-de-chaussée, les commerçants l'entresol, les bourgeois les premier et deuxième étages, les employés les troisième et quatrième, les ouvriers et les domestiques habitant les combles, avant que l'installation des ascenseurs ne vienne bousculer cette hiérarchie. La politique voulue par la maire de Paris, qui dénature l'essence même de la capitale en faisant entrer la banlieue intra-muros, poursuit un double objectif : il faut montrer à une France décrite comme raciste et conservatrice que sa capitale est ouverte à la diversité sociale et ethnique, tout en modifiant la sociologie de la capitale pour qu'au cours des futures élections la gauche devienne indéboulonnable.

Sa politique est ainsi ouvertement provocatrice. « En dehors de la circulation automobile, il n'y a en réalité qu'un seul sujet clivant pour les Parisiens, c'est le logement », confirme Ian Brossat, l'adjoint communiste d'Anne Hidalgo en charge du secteur, à la tête d'une des plus petites directions de la mairie : elle ne compte « que » 350 agents municipaux salariés. Ce sympathique célibataire de trente-six ans, qui en paraît dix de moins, a été élu en 2008 au Conseil de Paris, sur la liste du PC, alors qu'il n'avait que vingt-sept ans. Mais Ian Brossat a l'air d'un militant de circonstance : « Je me suis inscrit au PC à dix-sept ans, en rupture avec mes parents, membres de la Ligue communiste révolutionnaire », confie-t-il. Voir leur fils militer à droite eût sans doute été moins douloureux pour des trotskistes de la LCR !

La maire exerce une emprise totale sur son jeune adjoint, qui n'a, en retour, pas assez de mots pour vanter ses qualités et défendre les positions de la Ville. Au-delà du symbole d'avoir mis un communiste à la politique du logement de Paris, c'est bien la maire qui mène la danse, transforme des immeubles haussmanniens en HLM, implante des logements provisoires pour SDF et migrants dans le bois de Boulogne, à un jet de pierre des immeubles parmi les plus chers de Paris, et installe des marginaux, ici et là, et de préférence dans les quartiers chics !

Pour conduire cette politique délibérément conflictuelle, Anne Hidalgo a d'abord dû prendre le pouvoir qui était jusque-là délégué aux HLM. Pour mettre ces bailleurs sociaux et leurs baronnies au pas, un coup a donc été monté contre Paris-Habitat, le plus grand office HLM d'Île-de-France, qui gère 122 000 logements : le 3 juin 2016, *Marianne* titre sur toute sa une : « Le nouveau scandale des HLM de Paris. » Bien informé, l'hebdomadaire publie un dossier complet qui révèle l'existence d'un système de passe-droits et l'absence de contrôle des travaux… Surtout, ont été révélés les salaires et avantages des dirigeants de cet organisme prétendument social :

7 000 euros nets pour un directeur territorial, 10 000 euros pour un directeur général adjoint, 14 000 euros pour le directeur général, Stéphane Dambrine, qui bénéficie en plus d'un parachute doré de 500 000 euros, auxquels s'ajoutent treizième mois, primes et appartements à loyer modéré occupés par les dirigeants eux-mêmes. Résultat immédiat : Dambrine, « en accord avec la Ville de Paris », est démis de ses fonctions le 16 juin, par son propre conseil d'administration. « Deux adjoints ont été virés dans la foulée », précise Ian Brossat.

Que reprochait Anne Hidalgo à Stéphane Dambrine ? Sa toute-puissance, son indifférence face à ses desiderata, ainsi qu'une forme d'inertie, partagée par la plupart des offices d'HLM de Paris. Par confort, pour faciliter leur gestion, ceux-ci souhaitent regrouper les logements sociaux dans des immeubles dédiés. Nexity en a fait l'expérience aux Batignolles, quand on l'a obligé à construire deux immeubles différents, avec des entrées séparées, l'un pour des logements intermédiaires, l'autre pour des logements sociaux : « Alors qu'on aurait pu disperser les logements sociaux, puisque ce sont les mêmes appartements, à l'épaisseur de la moquette et à quelques détails près », regrette Alain Dinin, patron de Nexity, n° 1 de l'immobilier en France. « Dinin a raison, assure Ian Brossat. Cela ne se reproduira plus car nous voulons imposer une vraie mixité. »

Paroles, paroles… Anne Hidalgo avait été plus cash lorsqu'elle avait annoncé, en 2015, la création de 3 700 logements sociaux dans les beaux quartiers de Paris. L'objectif ? Mettre fin aux « ghettos de riches », avait-elle alors déclaré, suscitant l'enthousiasme du Parti socialiste qui avait alors annoncé sur son site : « Les 1er et 8e arrondissements pour tous ! »

La mairie assure ainsi dépenser 180 millions d'euros par an pour exercer son droit de préemption, racheter des appartements et des immeubles, y compris dans les beaux quartiers, pour les transformer à grands frais en HLM. Comme ces 113 logements sociaux dans la très bourgeoise rue Saint-Didier (16e arrondissement), dont Ian Brossat a posé, en mai 2016, la première pierre. Pour « corriger l'héritage historique », la mairie veut produire 5 000 logements HLM (+ 17 %) d'ici 2020 « dans les arrondissements les moins pourvus ». Ian Brossat précise : « À cette échéance, le nombre de logements sociaux dans les quartiers les plus huppés aura été doublé par rapport à 2014, de 400 à 800 dans le 7e et de 3 000 à 6 000 dans le 16e. »

La Ville multiplie les acquisitions foncières sans se soucier du prix à payer pour le contribuable parisien. Elle a ainsi déboursé 4,24 millions d'euros pour acheter un immeuble de six logements dans le 16e arrondissement, soit 12 000 euros le mètre carré ! Et a préempté un immeuble à Montmartre, évalué à 13 406 euros le mètre carré. « C'est scandaleux, s'emporte Jean-Louis Dumont, le président – socialiste ! – de l'USH, l'Union sociale pour l'habitat qui fédère les offices HLM de France. On pourrait faire quatre ou cinq fois plus d'appartements si on investissait avec mesure. Mais la seule chose qui importe à Anne Hidalgo, c'est de faire de la com[1] ! »

La pasionaria du social a récupéré quasi gratuitement, au nom de la solidarité, les somptueux immeubles abandonnés par le ministère de la Défense, boulevard Saint-Germain, pour en faire des logements sociaux, là où le mètre carré

---

1. Cité par le mensuel *Capital* du 12 mai 2017.

vaut de l'or. Ce qui hérisse Nathalie Kosciusko-Morizet, laquelle met en avant le manque d'aisance financière des armées et les difficultés à loger à Paris les soldats de l'opération Sentinelle. Mais tous les promoteurs contactés se défilent, l'obligation de construire 400 logements sociaux empêche d'équilibrer l'opération avec un hôtel de luxe et des logements huppés, d'autant que les sous-sols sont truffés de tunnels et de blockhaus antiatomiques indestructibles, qui interdisent tout aménagement et empêchent de construire des parkings.

En réalité, Anne Hidalgo accélère une politique à marche forcée, initiée par Bertrand Delanoë. Alors que l'on comptait 13 % de logements sociaux dans Paris intramuros en 2001, lorsque celui-ci a conquis la mairie, on en est à 21 % aujourd'hui. Au rythme actuel de 7500 nouvelles HLM par an, l'objectif de 30 % en 2030 pourrait être tenu. « Nous avons un objectif complémentaire : rééquilibrer Paris, reconnaît Ian Brossat, car les logements sociaux sont encore concentrés à la périphérie et à l'est. On pousse donc à implanter les nouvelles HLM à l'ouest et au centre de la capitale. » Actuellement, 40 % des logements sociaux sont encore dans les 13e, 19e et 20e arrondissements, alors que dans le 16e, on est passé de 1 % en 2001 à 4 % aujourd'hui. Objectif : 7 % en 2020. Il s'agit donc bien de modifier en profondeur la sociologie de Paris. Ce que confirme Ian Brossat, qui réfute cependant toute arrière-pensée électoraliste : « Si notre démarche se limitait à ça, nous concentrerions la création de logements sociaux dans les 5e, 9e, 12e et 14e arrondissements, qui font souvent la bascule entre la droite et la gauche. »

Anne Hidalgo a aussi poursuivi un tour de passe-passe

initié par Bertrand Delanoë en « reconventionnant » les logements, mot barbare pour que personne ne comprenne, qui désigne une réalité simple : d'un trait de plume, on transforme des logements dits intermédiaires en logement sociaux, ce qui fait fuir en banlieue les classes moyennes, trop riches pour avoir accès aux HLM, trop pauvres pour accéder au marché libre. Ainsi change progressivement le peuplement des arrondissements parisiens. Par pur cynisme électoral. Derrière tout ça, il y a encore un énorme mensonge : quand on « reconventionne » un logement intermédiaire en logement social, on ne crée pas un seul logement ! Lorsqu'on achète un immeuble occupé, on ne crée pas un logement non plus. Le solde, en création, n'a donc rien à voir avec les chiffres ronflants affichés par Anne Hidalgo et Ian Brossat. « Il y a eu moins de 2 000 logements véritablement créés », se risque Jean-François Legaret.

Ces implantations de logements sociaux dans les hauts lieux de la bourgeoisie parisienne, mais aussi dans des quartiers tranquilles où logent des cadres moyens, des retraités et des classes moins favorisées, suscitent des réactions outrées, souvent violentes, parfois excessives, qui abondent sur les sites Internet. C'est notamment le cas des logements construits à Balard, sur le site des anciennes usines Citroën du quai de Javel, en bord de Seine, dans le 15e arrondissement, lieu de résidence et fief politique d'Anne Hidalgo. « Balard est devenu un point de ralliement des délinquants ordinaires, avec des bandes de "jeunes" squattant les halls de HLM ou leurs garages souterrains, peut-on lire sur le site Atlantico, le 3 mars 2016. Les parties communes étaient régulièrement vandalisées. Odeurs d'urine. En dépit de l'accumulation des plaintes et des mains courantes, la police est aux abonnés absents. » De fait, le Jardin blanc du parc André-Citroën, qui s'étend de Balard jusqu'à la Seine, est devenu malfamé. Un lieu de trafic de drogue où des petits délinquants abîment les équipements sportifs, recyclés en salle d'attente pour transaction.

Même évolution de l'autre côté de la Seine, dans le 16e arrondissement, où des immeubles sont préemptés et transformés en logements sociaux. Des quartiers comme ceux de la porte d'Auteuil ou de la rue de Boulainvilliers voient ainsi surgir des bandes de jeunes, parfois agressifs. En février 2016, sur fond de trafic de stupéfiants, une bande du 16e est même venue se battre avec ses rivales de Balard, dans le Jardin blanc qui prend des airs de dalle d'Argenteuil – celle que Nicolas Sarkozy voulait « nettoyer au Kärcher ». Anne Hidalgo n'en est pas à ces extrémités : en l'absence de police municipale, elle s'en remet aux associations qu'elle finance pour apaiser les tensions. Telle l'association DLP15, dont l'objectif est de « promouvoir la démocratie participative » dans le 15e arrondissement, avec l'appui d'un « collectif d'artistes et d'architectes ». Ces militants du multiculturalisme veulent transformer le Jardin blanc en une sorte de Club Med urbain pour « faire dialoguer et se rencontrer une population diversifiée autour d'un projet commun ». L'objectif ? « Aménager et investir l'espace public de manière apaisée et conviviale. » L'association a reçu 178 000 euros pour installer des sièges, des tables de pique-nique et de ping-pong. « Au moins, les trafiquants auront de quoi s'asseoir pour attendre le chaland », ironise le site Atlantico.

Indubitablement, la violence, la criminalité, la racaille attitude s'infiltrent intra-muros, et pas seulement dans les arrondissements du nord-est de Paris. Prudence : on avance sur un terrain miné. L'implantation de logements sociaux dans certains quartiers de Paris suscite chez de nombreux habitants une hostilité assumée vis-à-vis des « populations originaires du Maghreb et d'Afrique subsaharienne, qui sont en passe de devenir majoritaires dans les HLM », tandis que « des familles polygames avec dix enfants se retrouvent même parfois entassées dans des quatre-cinq pièces inadaptés », peut-on lire sur les sites Internet. Anne Hidalgo et les bien-pensants qui l'entourent adorent ces clichés à connotation raciste car ils leur permettent de disqualifier les opposants à leur politique de mixité sociale imposée : pas question pour les habitants des immeubles préemptés ou des quartiers en pleine transformation de se rebeller, car la moindre critique est aussitôt instrumentalisée. S'insurge-t-on de l'arrivée dans sa cage d'escalier de dealers d'origine immigrée, on est aussitôt catalogué ! Pourtant, il est indéniable que des quartiers encore tranquilles il y a une décennie se sont transformés en zones à problèmes. Et le processus ne peut que s'accélérer puisque, faute de pouvoir exprimer leurs angoisses, les habitants ainsi bousculés déménagent, quand ils le peuvent. C'est ainsi que se créent et s'élargissent les ghettos.

Positive sur le papier, cette politique d'implantation de logements sociaux à la hussarde, particulièrement dans les beaux quartiers, est à la fois une ineptie économique et une source d'injustice. D'abord parce que, dans ces quartiers où le mètre carré peut atteindre 15 000 euros, les logements sociaux sont acquis à prix d'or, payés in fine par les contribuables parisiens. Pour un logement social dans les 7e ou 8e arrondissements, on pourrait en obtenir six, ailleurs en région parisienne. Est-ce juste ? Le but n'est-il pas d'offrir des logements au plus grand nombre ?

Surtout lorsqu'il y a de tels écarts de prix, la création de HLM dans des quartiers huppés a des effets pervers inévitables : les bénéficiaires, concrètement, jouiront d'une rente à vie, d'un montant mensuel non imposable pouvant facilement dépasser un Smic. S'ils trouvent, en plus, que le quartier est particulièrement cher pour y vivre, ou bien s'ils s'y sentent mal, la tentation est grande de sous-louer, au noir, leurs logements en empochant la différence de loyer, où de les proposer aux touristes, notamment par le biais d'organismes comme Airbnb.

Existe aussi le risque d'offrir parfois ces HLM de luxe à des amis de la mairie, à commencer par certains journalistes, comme c'était le cas sous Chirac et Tiberi. On connaît le cas de certains, logés dans une HLM proche du canal Saint-Martin, quartier bobo par excellence. « Quand vous gagnez à peine 2 000 euros par mois et que vous payez votre appartement 600 euros, charges comprises, que vous bénéficiez d'abonnement Vélib et autres petits avantages, vous vivez bien à Paris », reconnaît un initié.

La maire est toute-puissante en ce domaine, où les élus d'arrondissements n'ont pratiquement pas voix au chapitre. Pour s'opposer à la construction de 176 logements sociaux dans le quartier de la gare d'Auteuil, le maire du 16e arrondissement, Claude Goasguen, a tout essayé, allant jusqu'à financer à hauteur de 3 000 euros, en 2015, sur sa propre réserve parlementaire, Porte d'Auteuil Environnement, une association anti-HLM qui s'opposait au projet. En vain. « Avec le temps, on a fini par l'emporter », clame l'adjoint au logement d'Anne Hidalgo : ils ont fait de Claude Goasguen leur tête de turc à Paris.

Les gens de la mairie aiment les vendettas.

15

Calais à Paris !

Jusqu'à cette soirée du 14 mars 2016, jamais Sophie Brocas, aujourd'hui préfète d'Eure-et-Loir, ne s'était fait traiter publiquement de « salope ». Par un jeune désœuvré en mal de repères ? Non, par un homme assez âgé et plutôt chic. La scène s'est déroulée dans les locaux de l'université Paris-Dauphine où était organisée une réunion d'information sur un des projets de la maire : créer un centre d'hébergement dans le bois de Boulogne, face aux immeubles parmi les plus chers et les plus huppés de Paris.

En décembre 2015, sur proposition d'Anne Hidalgo, le Conseil de Paris avait en effet voté une convention d'utilisation, pendant cinq ans, du domaine public au profit d'Aurore, une association à but non lucratif. Objectif : installer sur une route du bois de Boulogne, face au quartier de la Muette, dans le 16e arrondissement, des blocs préfabriqués pour accueillir 200 SDF.

Affolement et levée de boucliers immédiats dans ce ghetto de riches, mobilisation des nombreuses ambassades et représentations diplomatiques installées à proximité : tout le quartier est en émoi. Une association, Sauver le bois, est créée. Christophe Blanchard-Dignac, ancien président de la Française des jeux, mène la contestation sans flairer le piège. Aussitôt accusé par la maire de Paris d'égoïsme de classe, cet ancien directeur du Budget, proche d'Alain Juppé, dénonce sa « scandaleuse provocation politique » et affirme qu'elle « prépare ainsi le terrain pour créer des immeubles sociaux sur ce site, comme elle l'avait annoncé dans son programme ». Blanchard-Dignac assure alors qu'il mettra tout en œuvre pour empêcher « l'installation d'un nouveau Sangatte dans le bois de Boulogne », mais fait attention à ne pas prêter le flanc à la critique en dérapant sur le terrain miné du racisme anti-pauvres ou anti-migrants. Tardivement conscient du piège, il cantonne donc ses critiques à la protection du bois de Boulogne. En effet, la zone où seront installés les Algeco, sur une petite route bordée d'arbres, est totalement inconstructible – elle implique en plus la suppression de la route et d'une piste cyclable chère aux Parisiens –, ce qui n'a pas empêché les Verts de voter en faveur de ce centre !

En revanche, Claude Goasguen, le maire (LR) du 16ᵉ, va tomber à pieds joints dans le piège tendu, en participant à une « réunion d'information » prévue par la mairie, officiellement pour… calmer le jeu. En réalité, les plus mobilisés des bourgeois du 16ᵉ, contre Hidalgo, contre Hollande et contre tous ceux qui penchent à gauche sont là. Sans contrôle, sans modérateurs ni garde-fous. Ils sont chauffés à blanc. Ce qui était prévu arriva. Claude Goasguen dénonce le « diktat » de la maire et se laisse vite déborder par les vociférations de la salle contre les SDF et surtout les migrants : « Mettez-les à Calais », « menteurs », « stalinien », « salopard », les insultes sont couvertes par des « Hidalgo démission ! ». Claude Bartolone, président de l'Assemblée nationale, est qualifié de « salopard ». Alors secrétaire générale de la préfecture de région et de Paris, Sophie Brocas tente de calmer le jeu avec cet argument surprenant : « Il n'y aura pas de migrants dans ce centre, de personnes qui viennent d'Afrique et d'ailleurs. » Rien n'y fait : la foule en veste matelassée se déchaîne devant les caméras, alertées par la mairie. Le climat de violence est tel que la réunion doit être interrompue par le président de l'université Paris-Dauphine, Laurent Batsch, pour des « raisons de sécurité », au bout de vingt-cinq minutes au lieu des deux heures prévues. Il se fait aussitôt traiter de « sale connard » et de « fils de pute » !

C'est un microévénement, mais les images de la violence de cette réunion et les propos racistes de quelques-uns des intervenants vont être largement diffusés. Et balayer les arguments sensés contre l'implantation de ce centre. Notamment les conséquences négatives pour les uns comme pour les autres d'un « clash des cultures » ou le risque de voir se transformer peu à peu le bois de Boulogne en zone de non-droit, « la peur des riverains, des promeneurs et des enfants ». Ancien président du club de rugby du Stade français et ami de Bertrand Delanoë, Max Guazzini jure que le 16ᵉ arrondissement n'est pas opposé à la solidarité avec les mal-logés mais affiche ses « inquiétudes pour la sécurité, notamment de la gent féminine ». Et conclut, définitif : « Anne Hidalgo, que j'aime bien, n'a pas à nous imposer ce projet. On n'est pas en Corée du Nord. »

Ni à Calcutta, ni à Soweto. Et pourtant, alors que la France avait eu toutes les peines du monde à résorber les bidonvilles qui fleurissaient dans les années cinquante, voilà qu'ils reviennent, dans les quartiers nord de Paris, sous le boulevard périphérique, dans tous les recoins de la ville. On en voit dans le 18e, le long de la voie ferrée désaffectée de la petite ceinture. Certains quartiers de la capitale sont ainsi ramenés au niveau des favelas brésiliennes.

Cette politique généreuse d'accueil des migrants sied parfaitement à la femme de gauche, ouverte et bienveillante, qui a fait de Paris une sorte d'agence de communication tout entière dévouée à sa propre promotion, avec l'élection présidentielle de 2022 en point de mire. C'est ainsi qu'elle a fait voter par le Conseil une subvention de 200 000 euros pour promouvoir le C40, la réunion des grandes villes soucieuses d'écologie qu'elle préside. « Il aurait été plus clair qu'elle se fasse verser directement cette subvention pour elle », s'amuse NKM.

Mais la générosité affichée va vite trouver ses limites. Situés au nord et à l'est de Paris, c'est-à-dire au cœur de son électorat socialo-écolo-mélenchoniste, les campements illégaux ont fini par pourrir la vie quotidienne des habitants. En particulier les femmes, harcelées voire exclues de certains quartiers du nord de Paris. Ces excès ont entraîné un ras-le-bol, comme ça avait été le cas avec les centaines de tentes installées le long du canal Saint-Martin, haut lieu branché, avec le soutien des militants de Droit au logement. Comment, politiquement, concilier l'image d'une maire ouverte et accueillante et celle d'une élue soucieuse du confort et de la tranquillité de ses concitoyens ?

Une solution improvisée a été trouvée : persister dans les nobles discours, tout en faisant porter la responsabilité et le coût des migrants à l'État ! Voilà bien un exercice de duplicité où excelle notre héroïne. Heureusement que Ian Brossat, en charge des migrants, tombe naïvement le masque : « Il est vrai que c'est l'État qui paye, mais nous, nous assumons de porter haut et fort notre généreuse politique d'accueil, contre vents et marées », nous confie-t-il avec un cynisme débonnaire.

Le 31 mai 2016, Anne Hidalgo organise ainsi, au débotté, une conférence de presse pour annoncer, avec solennité, la création d'un centre humanitaire à Paris pour accueillir des réfugiés. « C'est un acte de résistance, elle enclenche la bataille culturelle », commente Pierre Henry, directeur de France terre d'asile. Mais Notre-Dame des migrants n'a pas pris la peine de prévenir Bernard Cazeneuve, ministre de l'Intérieur. Elle indique qu'elle prend ses responsabilités « puisque l'État se défausse ». Place Beauvau et à Matignon, on s'étrangle ! Emmanuelle Cosse, ministre du Logement, critique même publiquement « l'opération de communication ». « Anne Hidalgo surjoue la gentille Ville de Paris, opposée à l'État méchant », reconnaît une de ses adjointes. L'État paye pour avoir le droit de se taire.

Anne Hidalgo indique ensuite que le camp pour « primo-arrivants » de la porte de la Chapelle « n'a pas vocation à accueillir les migrants déjà présents à Stalingrad ». Ce lieu ne comportera en effet que 400 lits à l'ouverture, une capacité rapidement portée à 600 lits. Son rôle « sera de proposer une prise en charge au fil de l'eau, digne et rapide, des 70 à 80 migrants nouveaux arrivant chaque jour sur le territoire parisien ».

Question générosité, Anne Hidalgo a un discours bien construit : « Nous continuerons à assumer notre vocation de ville refuge : en portant notre effort pour les migrants de 9 à 14 millions d'euros [...] ; en créant une maraude spécifique pour orienter les personnes migrantes en situation de rue ; en ouvrant vingt studios [...] afin de pouvoir accueillir les journalistes étrangers, menacés du fait de leur profession et venus trouver refuge à Paris ; en maintenant notre capacité d'accueil et d'hébergement pour les sans-abri avec l'ouverture de nouvelles places, allée des Fortifications. »

Experte en défausse, le 28 octobre 2016, Anne Hidalgo alerte Bernard Cazeneuve et l'écologiste Emmanuelle Cosse sur « la situation humanitaire et sanitaire dramatique des migrants qui occupent depuis plus de deux mois les abords du métro Stalingrad. De nouveaux campements se sont reconstitués après chacune des opérations de mise à l'abri successives. Nous constatons [...] une augmentation significative du nombre de migrants. Ils seraient 2 500 actuellement ».

Elle poursuit avec son aplomb habituel : « La mairie de Paris insiste sur l'absolue nécessité de mettre à l'abri ces personnes qui dorment pour certaines dans les rues de Paris depuis plusieurs semaines. » Dans cette lettre, qu'elle rend publique avant qu'ils ne l'aient reçue – c'est une manie ! – et qui mettra hors d'eux Bernard Cazeneuve et Emmanuelle Cosse, Anne Hidalgo fustige « cette méthode qui consiste à attendre le point de rupture pour héberger », méthode qui « n'a que trop duré ». La maire affirme compter sur les services de l'État « pour que cette opération [de mise à l'abri] qui relève de leur compétence soit conduite rapidement ainsi qu'ils s'y sont engagés ». De la mauvaise foi considérée comme l'un des beaux-arts !

La fureur de Cazeneuve et de Cosse restera discrète. Manuel Valls, Premier ministre en conflit ouvert avec François Hollande, ne veut pas ouvrir un deuxième front avec Anne Hidalgo, qu'il déteste autant qu'elle le déteste. Elle a demandé que l'évacuation de Stalingrad soit conduite avant l'ouverture du camp humanitaire à la Chapelle. Ce sera fait.

Pendant quelques mois, tout va fonctionner cahin-caha, comme prévu. Anne Hidalgo accueille les nouveaux arrivants dans son camp humanitaire, à charge pour l'État de les transférer à grands frais dans les centres d'accueil prévus sur tout le territoire national. Mais, comme il était prévisible, le système va vite s'engorger et le quartier de la porte de la Chapelle a plongé dans le chaos. Notre-Dame des migrants revient à la charge dans une lettre adressée au préfet de police et au préfet d'Île-de-France, le 13 avril 2017 : « Je demande à l'État d'assumer ses responsabilités en accroissant très vite les orientations vers des dispositifs d'aval adaptés », exige-t-elle d'un ton catégorique, une semaine après des incendies qui ont détruit le camp humanitaire de Grande-Synthe, près de Dunkerque. Bonne prémonition : quelques heures plus tard, une violente bataille a éclaté entre migrants afghans et soudanais autour du centre de préaccueil de la porte de la Chapelle, en marge d'une distribution alimentaire. Chacun se bat pour évincer les autres communautés. Beaucoup sont armés de bâtons et de barres de fer. Une centaine de migrants ont profité de la confusion pour s'introduire dans la salle d'hébergement de 400 places, occupées en permanence. Bilan : une vingtaine de blessés. « C'est la conséquence de l'exaspération de personnes qui attendent des jours durant d'avoir des places », affirme Bruno Morel, directeur général d'Emmaüs Solidarité qui gère le centre de la Chapelle. Il est prévu pour accueillir les arrivants une dizaine de jours au maximum avant de rejoindre les centres d'accueil et d'orientation en province. Mais, problème : ils ne partent plus, il y a 140 départs par semaine au lieu de 250.

L'essentiel est ailleurs : pour sainte Anne du Bon Accueil, l'honneur est sauf. Enfin, surtout son image.

16

L'escroquerie des transports alternatifs

Avoir une voiture à Paris, au moins pour en sortir à son gré ? À quoi bon puisque Paris a sa plage, ses vélos, ses « topagers » ! D'ailleurs la mairie a fixé une ligne officielle pour les Parisiens : « Il reste la location de voiture [...], le train et l'avion. » La suite du texte pèse son poids de particules : « Ce genre d'escapades sera financé par les économies non négligeables générées par la résiliation des contrats d'assurance et d'entretien de la voiture, sans parler de sa dépréciation, par le non-paiement des contraventions, du carburant et du péage ! » Au delà du délire municipal, la question se pose : peut-on se passer d'une voiture à Paris ? C'est le cas des trois quarts des Parisiens qui soit n'en ont pas, soit ne s'en servent pas pendant la semaine. Et parmi le quart restant, convenons que l'usage de la voiture est parfois excessif. Mais la difficulté de trouver à se garer, les risques de prendre une amende, l'absence de parkings sont de plus en plus dissuasifs. Adjoint d'Anne Hidalgo à l'urbanisme, Jean-Louis Missika, lui-même, prend cependant l'exemple de son frère médecin qui va tous les jours en voiture de son domicile, rive gauche, à son cabinet, rive droite, alors qu'une ligne de métro directe ferait l'affaire : « Il a un parking chez lui et un autre à son travail, il écoute la radio, il est dans son cocon, j'ai renoncé à le convaincre de changer ses habitudes… »

Mais il y a aussi, à Paris et en Île-de-France, des millions de personnes pour lesquelles la voiture est un outil indispensable. C'est évidemment le cas des livreurs, des représentants, comme celui des parents avec poussette ou devant accompagner leurs enfants à l'école – parfois dans des écoles différentes –, avant de rejoindre leur travail. C'est encore le cas lorsque l'on doit faire des courses volumineuses – tout ne se passe pas encore sur Internet. « Depuis la fermeture des voies sur berge, je perds au moins une heure par jour entre mon cabinet, avenue Marceau, et le Palais de justice, dans l'île de la Cité, se désole l'avocate pénaliste Delphine Driguez. Il n'est pas question que je prenne le bus ou le métro avec tous mes dossiers, qui pèsent parfois plusieurs kilos et dont le contenu est confidentiel ; en plus je dois parfois enchaîner pour plaider à Versailles ou à Bobigny. » Il y a ainsi d'innombrables cas particuliers, comme celui de cette avocate, qui n'entrent pas dans le champ de l'idéologie punitive de la Mère Emptoire.

Faites ce que je dis, ne faites pas ce que je fais : telle pourrait être sa devise. Car pour son usage personnel et professionnel, la donneuse de leçons utilise… trois véhicules. Elle ne mobilise pas moins de deux voitures électriques (des Toyota Prius hybrides peu à peu remplacées par des Renault Zoé) mises à sa disposition – avec chauffeurs ! –, ainsi qu'une vaste Renault Espace de 200 chevaux, bien cachée dans un parking proche de l'Hôtel de Ville, rue Edison. À l'exception de ce véhicule puissant, ses adjoints et tous les maires d'arrondissement bénéficient des mêmes facilités. Mais pour tous les autres, les habitants d'une ville de deux millions d'âmes, au cœur d'une agglomération qui en compte dix millions, Anne Hidalgo n'hésite pas à prôner en toute occasion l'usage de ce qu'elle appelle les « mobilités douces ».

Elle vante les mérites de l'hygiénique marche à pied et ne manque jamais de promouvoir l'usage du vélo, prenant exemple sur Amsterdam, paradis batave pour les bicyclettes. En oubliant de dire qu'Amsterdam est bien moins étendue que Paris et surtout totalement plate : les seules côtes à grimper sont celles des ponts qui enjambent les canaux. Surtout, à Amsterdam, tous les trafics – tramways, bateaux, vélos, deux-roues motorisés, mais aussi automobiles – sont bien régulés et coordonnés. C'est une vraie « smart city », vitrine européenne du savoir-faire de la société américaine Cisco. Si elle connaissait ses dossiers, Anne Hidalgo éviterait de comparer Paris à Amsterdam, qui démontre qu'en matière d'environnement, de propreté et de vivre ensemble, au-delà de sa phraséologie, sa « ville-monde » est surclassée.

Le vélo ? À Paris, sa durée de vie sera limitée, surtout s'il est de qualité. Prévoir des cadenas pour le cadre et pour chacune des roues, faute de quoi elles risquent d'avoir disparu en fin de journée. La nuit, on n'en parle pas : aucune chance de retrouver son vélo intact, quand on le retrouve. Certes, il y a la possibilité de le monter, à l'épaule, dans les étages, au travail comme chez soi. Encore faut-il en avoir la place !

Donc, tentez le Vélib. Lancé à Paris en juillet 2007 puis dans une trentaine de communes de banlieue, il a surpris d'emblée. Le taux de dégradation et de vol s'est révélé deux fois supérieur à ce qui avait été constaté à Lyon (Vélov), ville pionnière en la matière. On en a retrouvé partout – même, paraît-il, à Bamako ! Les vélos volés ou détruits étaient remboursés plein pot à Jean-Claude Decaux, qui trouvait là une source de revenus non négligeable. En conséquence de quoi, Vélib est déficitaire depuis sa mise en œuvre. Quant aux utilisateurs, ils ont vite découvert à quel point l'objet était lourd et Paris vallonné – on ne parle pas seulement de Montmartre, mais aussi des Champs-Élysées, de Montparnasse, de la Muette, de tout le 20e arrondissement, etc.

Dans les films et les brochures officielles, on voit toujours des jeunes gens en Vélib souriants, dans un univers paisible, par temps sec et calme, sous un joli soleil de printemps. Mais comment faire monter de force sur ces engins tous les bedonnants, les vieux, les fatigués et les prudents ?

Prudence ! Faire du vélo est bon pour la détente et entretient la santé, mais s'aventurer dans les voies réservées aux autobus et aux taxis, comme autorisé voire conseillé, vous ramène à l'état de cible dans un jeu vidéo. Terrifié par la maire de Paris, le préfet de police de Paris, Michel Cadot, qui a entériné toutes ses mesures anti-voitures, en a fait la douloureuse expérience : il s'est fracturé la hanche en tombant de son Vélib, le lundi de Pâques 2017, dans l'île de la Cité. Victime de l'objet de son désir, il a été remplacé illico ! À Paris, en vélo, le danger est partout. Plus mortel que les pics de particules fines. Le comble : toute à son idée de promouvoir les désormais « mobilités douces », Anne Hidalgo a validé cette idée saugrenue, sortie d'on ne sait quel esprit pervers, d'instaurer des voies cyclables dans des petites rues…

à contresens de la circulation automobile. Tout simplement suicidaire, surtout la nuit, d'autant plus que la signalisation au sol est défaillante, souvent effacée, rarement repeinte. Sinon, il reste les trottoirs qu'un certain nombre de Vélib vindicatifs ne se privent pas d'emprunter...

En avril 2017, JC Decaux a été évincé. Il se raconte que les enfants de Jean-Claude Decaux, décédé en 2016, n'ont pas voulu poursuivre les pratiques de leur père. Que de rumeurs aussi fausses que malintentionnées ! À la place de Decaux, a en tout cas été choisie une petite société de Montpellier, Smoove (faux-nez du groupe Mulliez), associée à Indigo (ex-Vinci), comme opérateur pour les quinze prochaines années, au terme d'un nouvel appel d'offres qui contient son lot de mystères. Plus chers pour les usagers, les nouveaux Vélib seront plus légers, connectés en permanence, plus difficiles à voler et pourront être déposés même dans des stations déjà pleines. Un tiers d'entre eux seront à assistance électrique. On va souffler !

L'autre dossier emblématique est celui d'Autolib, ce système de voitures électriques en partage, installé en décembre 2011, dont Hidalgo propose un abonnement d'un an à ceux qui renoncent à leur voiture. Un système lourdement déficitaire, puisque le groupe Bolloré anticipe un déficit de 179 millions d'euros d'ici la fin du contrat qui le lie à la Ville de Paris, pour douze ans, de 2011 à 2023. La demi-heure d'utilisation est passée, en décembre 2016, de 6 à 7 euros. Difficile d'augmenter les prix au-delà, alors qu'Uber et les autres VTC ont des tarifs bas, qui se rapprochent de ceux d'Autolib. Vincent Bolloré avait annoncé atteindre l'équilibre avec 80 000 abonnés, il y en a aujourd'hui plus de 130 000... et les pertes se creusent. Celles-ci sont prises en charge par l'entreprise à hauteur de 60 millions d'euros maximum ; le reste ? Il devra être payé par les contribuables parisiens et ceux des communes de banlieue, au prorata du nombre de voitures garées dans leurs rues. « Ce contrat Bolloré est un vrai scandale, accusait Nathalie Kosciusko-Morizet. La Ville porte le risque et Bolloré l'image positive, qui ne lui coûte que 60 millions d'euros ; et tous les avenants au contrat lui sont favorables. » L'homme d'affaires a roulé l'élue dans la farine et, en plus, elle est ravie. Ah, le charme des milliardaires !

Imaginées par Vincent Bolloré lui-même, fabriquées par l'italien Pininfarina, ces voitures lugubres, gris mat et minimalistes, sont une aubaine pour certains, un pis-aller pour d'autres et un véritable repoussoir pour beaucoup. Car elles sont souvent sales, avec des taches sur les sièges, des cheveux, des restes de fast-food, des papiers gras et on en passe. Parce que les Parisiens et les banlieusards sont ce qu'ils sont. Et parce que la maintenance et l'entretien ne suffisent pas pour tout remettre en état. On risque de décevoir ceux qui abandonnent par militantisme écolo leurs voitures cocons pour monter dans ces tristes engins partagés avec on ne sait qui. Car ces vilaines voitures polluent, elles aussi, comme les autres : 41 % des particules fines en suspension émises par le trafic routier viennent en effet de l'abrasion des pneus, du revêtement routier et des garnitures de freins.

Elles polluent tout de même moins que le métro, tant prôné par la maire. Il est vrai que Paris dispose d'un réseau exceptionnel par sa densité. Mais, selon les relevés d'AirParif, le métro et le RER sont bien plus dangereux pour nos bronches que les rues ! Leurs réseaux souterrains contiennent en moyenne trois à quatre fois plus de particules fines que le périphérique, la zone la plus polluée de la capitale (300 mg/m^3 pour les quais du métro et jusqu'à 500 mg/m^3 sur les quais du RER, contre 52 mg/m^3 aux abords du périphérique) ! En moyenne annuelle, la station Châtelet atteint plus de 150 µg et Auber frise les 180. Aux heures de pointe, des pics à plus de 1 000 µg ont même été enregistrés à Châtelet, pour un seuil d'alerte aux particules en extérieur établi à 80. Un montant très souvent dépassé lors des heures de pointe dans ces deux dernières gares. À ce constat, Madame Particules fines répond que, dans le métro – qu'elle ne prend quasiment jamais ! –, « les voyageurs ne font que passer » et que s'il y a un problème de mise en danger, il touche les conducteurs de train et le personnel d'entretien qui y passent leurs journées et leurs nuits.

Le métro parisien est sale et ne fonctionne pas la nuit. Il y a une vraie indécence, de la part de la maire de Paris, à le présenter comme une solution évidente pour les automobilistes qu'elle a piégés. Car chacun connaît des Parisiens, et surtout des Parisiennes, qui ne prennent jamais le métro, ou alors en toute dernière extrémité. Par dégoût de la promiscuité, avec 6,5 personnes au m^2 aux heures de pointe, avec des comportements déplacés, par aversion vis-à-vis des musiciens – nul n'est obligé de leur trouver du talent – et des tapeurs, ou plus simplement par claustrophobie. Pour lutter contre les violences faites aux femmes, la RATP a mené, en mai et juin 2015, une étude avec l'institut Arguments Corporate, auprès de 1 510 Franciliennes âgées de seize à soixante-quinze ans. Celle-ci a révélé que 71 % des Franciliennes interrogées redoutent d'être harcelées dans le métro. Excessif, irrationnel ? Pas tant que ça : en 2016, selon les chiffres du ministère de l'Intérieur, on a compté 56 887 vols et agressions déclarés dans le métro parisien, soit plus de 150 par jour. Des chiffres « en hausse sensible », reconnaît le ministère de l'Intérieur, à comparer aux 6 801 délits constatés dans le métro de Lyon et les 4 218 dans le métro de Marseille, une ville que les Parisiens stigmatisent souvent pour sa violence. À Paris, le métro fait peur. Et ce n'est pas du cinéma.

De toute façon, personne n'a envie de se faire dicter sa conduite. C'est pourtant très exactement ce que souhaite l'ancienne inspectrice du travail : dire où est le mal et où est le bien, modifier les comportements par la force.

Seul point positif, en tout cas, du Vélib, de l'Autolib et du métro : ces moyens de transport « doux », mais sales, sont de nature à relancer une industrie qu'on croyait en voie de disparition : la ganterie !

Alors qu'elle faisait adopter par le Conseil de Paris un plan de relance du tourisme, le 7 novembre 2016, Anne Hidalgo s'est fait accrocher sur le métro par Éric Azière, élu (UDI) du 14e arrondissement, raconte le mensuel *Capital*, le 11 novembre 2016 : « Le service rendu aux Parisiens n'est plus digne d'un contrat de service public ! La mairie est d'une passivité totale sur ce sujet. » Pour le président du groupe UDI, le métro est un véritable « repoussoir à touristes ». En raison de son climat d'insécurité d'abord : « Quand un visiteur prend la ligne 1 et qu'il entend tout le long du trajet, et en sept langues, que des pickpockets sont à l'œuvre dans la rame, vous pensez qu'il est rassuré ? » Sur la propreté ensuite : « Il y a des boîtes de biscuits écrasées et des emballages de snack partout. Dans le métro, on mange, on boit, on vomit… Rien n'est interdit. » Sur les conséquences des embouteillages enfin, avec le transfert des automobilistes sur des lignes déjà surchargées : « La seule réponse de la RATP est d'enlever des sièges pour mettre plus de passagers par wagon. »

Le métro est, de surcroît, peu fiable. Plus moyen d'être sûr d'arriver à l'heure à ses rendez-vous, tant sont nombreux les pannes et les incidents de service. Selon les relevés de l'application mobile de transport Citymapper, le métro et le RER ont cumulé 215 incidents sur le seul mois d'octobre 2016, soit en moyenne sept par jour. La ligne 6 a enregistré 21 pannes, chacune entraînant un trafic ralenti pendant deux heures seize minutes en moyenne. Dix incidents ont été enregistrés sur la ligne 11, pour un délai moyen de perturbations de une heure quarante-sept. Que fait concrètement la Ville pour améliorer la situation ? Rien.

17

Son royaume est la com

« La Ville n'est plus, aujourd'hui, qu'une agence de communication dépensière qui profite des caisses pleines qu'avait laissées Tiberi, affirme Serge Federbusch. Clientélisme (...), subventions, initiatives farfelues, travaux inutiles, etc. »

Anne Hidalgo a tout compris (ou presque) : elle procède à une inauguration par jour, ou peu s'en faut. Pour elle, tout est vecteur de communication. Elle a de qui tenir. C'est pour la galerie que Bertrand Delanoë avait décidé d'installer le tramway sur le boulevard des Maréchaux, au détriment de la circulation automobile, au lieu de l'installer sur la voie ferrée existante de la petite couronne et de créer de nouvelles lignes de métro, solutions bien moins onéreuses, mais moins visibles. De même, c'est encore pour l'image que la maire attentionnée a accueilli les migrants avec tambours et trompettes, une opération validée à l'époque par le zélé préfet Michel Cadot, venu en personne, dès potron-minet, participer à l'opération.

Il faut avant tout se faire bien voir des journalistes. Les bons. Pas nous. Dans ce domaine, après Bertrand

(Delanoë), Anne (Hidalgo) s'est s'appuyée sur la compétence de Jean-Louis (Missika), homme de médias par excellence, qui a travaillé dans de nombreux journaux, piloté la candidature de plusieurs chaînes, dont celles de Lagardère, devant le CSA, et écrit en 2006 un livre prémonitoire, *La Fin de la télévision*[1], dans lequel il anticipait l'éclatement des supports audiovisuels.

Maladivement susceptible, Anne Hidalgo est d'autant plus sensible à son image qu'elle a senti passer le vent du boulet, en juillet 2005, après un article de *Libération* qui semait le doute sur son intégrité. Le journal révélait qu'elle avait présidé, de façon suspecte – à la demande de Delanoë –, un débat décisif lors du Conseil de Paris du 15 octobre 2003 : il s'agissait de renégocier l'accord signé par Chirac, entre la Compagnie généralc des eaux et la mairie. Or la première adjointe avait travaillé près d'un an dans cette entreprise privée, alors réputée pour financer les municipalités de gauche. Selon *Libé*, « après un dîner arrosé d'un château-margaux », en « parfaite garde-chiourme », la présidente de séance a expédié le débat : « Il faut conclure ! » Ou bien : « Je vous demande de tenir en cinq minutes maximum. » Rien de précis ne lui sera finalement reproché, mais l'accord renouvelé entre Paris et la Générale des eaux avait tout de même été conclu au cours de nombreux conciliabules.

Comment oser mettre en cause, même à mots couverts, l'intégrité de sainte Anne ? « J'ai toujours fait de l'éthique et de mon indépendance un élément de ma trajectoire personnelle, professionnelle et politique, et je

---

1. Jean-Louis Missika, *La Fin de la télévision*, Paris, Seuil, 2006.

n'ai gardé aucun lien avec les dirigeants de Veolia, de Vivendi ou d'ailleurs », a-t-elle plaidé. Et dans son livre autobiographique, *Une femme dans l'arène*, Anne Hidalgo précise curieusement que son passage à la CGE « ne fait pas de moi un agent double ou une élue trouble ». Originale façon d'écarter tous les soupçons !

La leçon a été retenue, on ne l'y reprendra pas. Il faut reconnaître à Anne Hidalgo qu'avec l'aide de Jean-Louis Missika elle a, pendant sa campagne de 2014 et jusqu'à la fermeture des berges de la Seine en septembre 2016, gagné à plate couture cette bataille de la communication. Face à elle, Nathalie Kosciusko-Morizet n'a jamais fait le poids. Un échec qu'elle n'a jamais encaissé, accusant les journaux d'avoir été influencés par leurs actionnaires, quand ceux-ci sont liés à la Ville. En particulier *Direct Matin*, propriété de Vincent Bolloré, inventeur et exploitant des Autolib. « Très gêné, un journaliste a reconnu devant moi qu'il avait eu, pendant la campagne, interdiction de dire quoi que ce soit de positif sur ma candidature », affirme, à l'époque, NKM, sans plus de précisions. Rien n'est venu confirmer ces soupçons. On doit en tout cas constater que les journalistes du *Parisien*, propriété de Bernard Arnault, dont les liens avec Hidalgo sont une réalité, cultivent une vraie indépendance.

Mais pendant les deux premières années de son mandat, Anne Hidalgo, globalement, n'a jamais eu à se plaindre : semaine après semaine, les micros recueillaient ses paroles les plus anodines et les magazines lui tressaient des couronnes. Même après la fermeture de la voie sur berge, les commentaires des télévisions et de nombreux journaux – particulièrement *Le Monde*, manifestement fasciné par une si belle intelligence – lui ont été favorables.

Plus surprenante a été la bienveillance de *Mediapart* à l'égard de la gestion d'Anne Hidalgo, seule personnalité politique pour laquelle Edwy Plenel, son président, a appelé à voter. Celui-ci organise des débats à la Maison des Métallos dans le 11e, ou au Cent Quatre, dans le 19e, lieux culturels qui appartiennent à la Ville de Paris ; il a co-animé avec la maire une réunion politique à l'occasion de la fumeuse Nuit des débats qu'elle organise. Le site indépendant Delanopolis a révélé aussi que *Mediapart* loue indirectement ses locaux à la Ville, au travers d'une de ses sociétés d'économie mixte qu'Anne Hidalgo contrôle.

En mars 2017, dans le cadre de la campagne présidentielle, une polémique est tout de même sortie à propos du job d'Ève Plenel, la fille d'Edwy, comme coordinatrice de « Paris sans sida », une mission, payée 3 000 euros par mois, qu'elle exerce à mi-temps, alors qu'elle habite... à Berlin. On a appris qu'Ève Plenel avait auparavant travaillé au Cent Quatre, « ce lieu culturel incertain dans l'Est parisien », dixit *Libé*. Cette jeune femme méritante a aussi travaillé pour le Kiosque infos sida, intégralement subventionné par la mairie – la majorité des dépenses étant constituées de frais de personnel.

Répondant à ces attaques, Edwy Plenel a évoqué sur son site une « campagne de calomnie ». Dénonçant, tout en nuances, « un mensonge relayé par la fachosphère » – facile –, il a précisé que sa fille « est payée mensuellement 1 682 euros nets pour un temps partiel qu'elle effectue à Paris, ayant un bureau à la mairie », et que « ses déplacements depuis Berlin, où travaille son compagnon et où sont scolarisés ses enfants, sont totalement à sa charge ». Point final !

Bien sûr il y a toujours ces petites attentions, comme l'attribution de places de crèche, d'invitations à des spectacles, d'abonnements Vélib, l'accès à des écoles publiques hors zone, etc. Ou bien l'emploi de proches et l'octroi de logements à loyer modéré dans des zones où le marché libre est inabordable pour la plupart des journalistes – ou des personnalités bien vues de la mairie. Dans cette bonne ambiance, il est clair que la force d'Hidalgo va bien au-delà des éventuelles petites pressions ou prébendes accordées ici ou là. On sait comment elle a surfé habilement sur un courant profond, naïvement écolo, de gauche, partagé par une grande partie de la population parisienne et en tout cas par la délicieuse petite famille des journalistes en charge de traiter les affaires de la Ville de Paris. Sa communication lénifiante est en outre relayée par des confrères, sociologiquement marqués à gauche – ou au moins en partie –, pour lesquels Paris est une prise historique qu'il fallait préserver à tout prix... jusqu'au raz-de-marée d'En Marche !

On aurait tort de réduire pour autant la communication de la mairie de Paris à ses relations avec les médias. Dans ce monstre municipal qui emploie près de 60 000 personnes, la communication interne et les relations avec les Parisiens en occupent des centaines. Que font-elles ? La mairie soi-disant écolo de Paris est d'abord une lourde machine à imprimer des papiers inutiles : c'est ce qu'ont vite compris les membres de l'agence Clai à qui Anne Hidalgo, en avril 2014, aussitôt après son élection, a demandé un audit sur la communication municipale, à l'exception des rapports avec la presse et les politiques qui, bien entendu, restent sa chasse gardée. Les enquêteurs ont été sidérés par ce qu'ils ont vu, en interrogeant les responsables des vingt et une directions de la Ville de Paris dont plusieurs étaient incapables de leur dire combien de personnes ils employaient et ce qu'elles faisaient en termes de communication. « On a découvert un monde d'incompétence et d'amateurisme où les absences injustifiées, l'absence de contrôle, les postes inutiles et les sinécures sont de règle », résume l'un d'eux. Bien entendu, l'agence Clai a choisi des termes plus mesurés et plus positifs dans l'audit qu'en janvier 2015 elle a livré à Isabelle Knafou, responsable de la communication interne de la mairie – il n'est jamais bon de faire souffrir ses clients.

Même édulcorées, les conclusions de cet audit resté secret laissent pantois. « Ont été identifiées 143 personnes (161 équivalent temps plein) travaillant pour la communication. » Elles évoquent « un budget de 9,5 millions d'euros, un périmètre d'action mal connu, un fonctionnement cloisonné et éclaté, occasionnant une déperdition d'énergie voire des incohérences. » On apprend que la plupart des vingt et une directions de la mairie disposent de leur propre service de communication, « dont les équipes et leurs actions sont singulièrement hétérogènes ». Chacune est « un cas particulier ». Certaines, comme les finances, n'ont aucun budget spécifique, d'autres accumulent rapports et brochures d'information infantilisants à destination du public. Elles réalisent entre 5 et 96 opérations chacune pour un nombre total évalué à près de 800 actions par an, ce qui traduit un « morcellement » évident. 14 % des actions seulement sont réalisées en collaboration avec l'organisation centrale, « qui gère la communication de certains grands projets de mandature (Berges de Seine) et de certains grands événementiels

(Nuit blanche, Fiac) ». Les documents imprimés restent majoritaires car les réseaux sociaux sont peu utilisés « par manque d'expérience, de réflexion stratégique et de ressources humaines ». Et pourtant, « 92 sites Internet satellitaires à paris.fr ont été récemment recensés ».

L'agence s'interroge ensuite sur l'impact des actions menées, déplore l'absence de comptabilité analytique et épingle « une certaine confusion dans la manière de piloter les crédits puisque les directions ne sont plus tenues de présenter leur plan de communication aux élus et à la direction ». « C'est ce manque de priorités stratégiques, poursuit l'audit, qui occasionne une programmation d'actions mal maîtrisées, voire des dépenses inutiles ; les communicants s'épuisent à répondre tous azimuts à des problématiques et commandes variées, sans réflexion, sans cadre formalisé et sans arbitrage. »

Ce n'est pas fini. Clai met en cause le pilotage de la communication et notamment le rôle des directeurs et directrices, qui doit être repensé, et constate que « les actions récentes, liées aux opérations de la mandature en cours, se superposent aux actions plus anciennes, sans que leur impact soit rarement (pour ne pas dire jamais) évalué ». L'agence constate « une vraie rancœur contre la Dircom[1], jugée méprisante, peu disponible, peu à l'écoute des problématiques des directions et déconnectée des réalités municipales. Cette direction « semble déconnectée de la vie municipale, sauf quand les projets sont portés par la maire ».

Bref : en matière de communication interne, l'audit

1. Direction de la communication.

révèle que la mairie de Paris est une véritable pétaudière, qui publie des documents et des rapports d'activité « sans utilité réelle par rapport au coût et à l'énergie déployée ». Alors qu'il s'inscrivait dans « un contexte de modernisation de l'administration pour renforcer la cohérence, la transversalité et l'efficience de l'action de la collectivité », ce travail finira à la corbeille. Aucune des mesures de simplification proposées n'a été prise. La gestion n'intéresse pas Mme Hidalgo, y compris en termes de communication interne et vis-à-vis des Parisiens.

Pour ne pas répondre aux questions légitimes de ses administrés, l'apparatchik a même mis en place une organisation à la soviétique. Plus question, pour un Parisien lambda, de joindre au téléphone un adjoint ou une personne habilitée à répondre sur un sujet particulier – la propreté dans telle rue, le nombre d'arbres coupés dans telle autre, par exemple. Un répondeur – modernité oblige – vous enjoint de transmettre votre demande par mail, mail qui, dans la plupart des cas, restera sans réponse. Si le fâcheux insiste, on lui indiquera la prochaine « réunion participative » où il pourra s'exprimer. Las ! Ces réunions – quand elles ont lieu ! – sont parfaitement contrôlées, avec des agents municipaux qui orientent les discussions vers le ponctuel et le dérisoire, en écartant tout débat sérieux et toute question gênante.

Cette façon de se couper de ses administrés, de rester dans l'entre-soi, de communiquer de haut en bas, à rebours de ce que la maire veut faire croire, rappelle étrangement les méthodes des régimes autoritaires, qui détestent les corps intermédiaires.

« Alors que je suis maire du 1er arrondissement, où se trouvent les voies sur berge, les Halles, la Bourse de commerce, Anne Hidalgo n'a jamais voulu me recevoir en tête à tête depuis son élection, s'étonne Jean-François Legaret. Je lui ai écrit plusieurs fois, elle ne m'a jamais répondu. » C'est ainsi qu'entre la plupart des maires d'arrondissement de droite et la mairie de Paris, aucune communication n'est possible, sauf à contourner l'intéressée. Ce qu'a réussi Florence Berthout, maire (LR) du 5e arrondissement, pour obtenir des places de crèche supplémentaires ou le feu vert pour l'installation d'un centre de gériatrie dans l'ex-fief de Jean Tiberi. « Bernard Jomier, adjoint écolo à la santé, avec qui j'ai de bonnes relations, a fait attention à ne pas faire remonter l'information jusqu'à Anne Hidalgo, de peur qu'elle ne bloque le projet avant qu'il devienne irréversible, confie l'élue. Les adjoints ont des ruses de Sioux pour faire avancer les dossiers qui leur semblent utiles aux Parisiens. Il n'est pas possible de complimenter l'un d'entre eux sans risquer de le faire fusiller », affirme la maire du 5e arrondissement qui parle d'une « communication à la Ceausescu » dont les grands journaux ne parlent – presque – jamais. C'est ainsi qu'Anne Hidalgo a balancé sur TF1 un plan de végétalisation de la place du Panthéon en sachant parfaitement qu'il était impossible en raison du veto absolu des Monuments historiques.

En termes de communication, décidément, la maire de Paris ose tout : c'est même à cela qu'on la reconnaît.

18

Potiche de Delanoë, protégée de Hollande

À Paris, plus encore qu'ailleurs, les décisions sont prises dans une ambiance souvent passionnelle. Les contentieux se sont ajoutés les uns aux autres.

L'hostilité d'Anne Hidalgo à Jean-François Legaret, longtemps maire du 1er arrondissement, a, par exemple, des origines anciennes. Un jour, dans un congrès, il l'avait qualifiée de « potiche de Bertrand Delanoë ». Elle était entrée dans une colère noire. Dans une lettre au vitriol, elle l'avait, bien sûr, accusé de machisme. Notre-Dame de la rancune ne lui a jamais pardonné, n'a jamais voulu le recevoir et ne répond pas à ses lettres. Potiche ? On peut pourtant se demander pourquoi, lorsqu'il est élu maire en 2001, Bertrand Delanoë nomme la belle brune première adjointe, mais avec des responsabilités qui frisent le ridicule : la gestion d'un fantomatique « bureau des temps » !

Elle a bénéficié de la nouvelle loi sur la parité, cheval de bataille du PS pendant la campagne ; François Hollande, premier secrétaire du PS, l'a poussée ; elle est enfin choisie par Bertrand Delanoë parce qu'elle le flatte, l'encadre et le conforte, dans cette étrange relation, rassurante et maternelle, qu'elle entretient avec ceux qu'elle courtise. Le maire l'apprécie d'autant plus qu'il est sûr qu'elle sera transparente.

Il est vrai que ses performances ne la poussent pas à se mettre en avant. Lors de la campagne présidentielle de 2002, elle est porte-parole de Lionel Jospin pour les questions d'éducation. Elle a été battue aux municipales de 2001 et n'est conseillère de Paris que par la magie du scrutin de liste. En juin 2002, aux élections législatives dans la 12e circonscription de Paris, elle est, à nouveau, sèchement battue (29,6 %), dès le premier tour, par Édouard Balladur. Alors prudente, elle cherche à ne pas se faire remarquer.

Jusqu'à cette Nuit blanche du samedi 5 octobre 2002. Inventeur de l'événement, Bertrand Delanoë rêve d'un Paris ouvert à tous les vents, accueillant avec les originaux de tous poils. Ce soir-là, l'Hôtel de Ville est la maison du peuple, on y chante la *Carmagnole*, on y entre comme dans un moulin. Des zozos déguisés galopent dans les couloirs. Il y a même des drag queens. Les agents de sécurité sont effarés, totalement dépassés. À 2 h15 le dimanche matin, après avoir visité plusieurs sites, Bertrand Delanoë fait son entrée. Inquiet de voir tant de monde, il s'apprête à demander aux centaines de personnes présentes de laisser leur place à ceux qui piétinent à l'extérieur, quand un type dégingandé, pull bleu clair, s'avance vers lui et lui plante son couteau à cran d'arrêt doté d'une lame de 8 centimètres dans le ventre, en disant : « Je n'aurais jamais dû venir ici. Je le savais. » Son agresseur, Azedine Berkane, dira plus tard aux policiers détester « les politiciens, particulièrement les homosexuels ». La justice lui accordera un non-lieu, le jugeant « irresponsable, compte tenu de son état mental ».

Le maire est aussitôt transporté à l'hôpital de La Pitié-Salpêtrière pour une intervention chirurgicale de trois heures. Au petit matin, alors qu'il est inconscient, tout Paris se presse autour de lui, à commencer par Nicolas Sarkozy et Jacques Chirac. Même Jean-François Legaret, son principal opposant, est venu à son chevet.

Les élus parisiens, toutes tendances confondues, font corps, vis-à-vis de l'extérieur, derrière la première adjointe. Ce moment est crucial pour Anne Hidalgo : c'est le tournant de sa carrière. Alors que Delanoë est inconscient, elle va montrer son impétuosité irrationnelle. Répondant à des journalistes, Legaret leur indique que l'intérim – ou, en cas de malheur, la succession – est assumé par les adjoints « dans l'ordre du tableau ». Il reçoit aussitôt une lettre signée Anne Hidalgo où elle se dit « scandalisée par des propos aussi indignes » et lui exprime son « mépris ». Il répond qu'il ne comprend pas ces attaques. La croisant quelques jours plus tard, il l'interroge :

– Qu'est-ce qui t'a pris ?

– L'incident est clos.

– Tu m'expliqueras ?

Legaret apprendra plus tard que la maire par intérim – « l'intéri-maire », écrit joliment *Libération* – ne voulait pas qu'il soit dit que sa promotion résultait seulement de l'ordre hiérarchique et qu'elle n'avait qu'un souci : cacher le fait que, dès son réveil, c'est-à-dire à partir du 9 octobre, à la Pitié-Salpêtrière comme chez le rugbyman Serge Blanco, dans le Sud-Ouest, où il était parti en convalescence, Bertrand Delanoë avait continué à gérer la mairie de Paris dans les moindres détails, à signer tous les papiers de sa main tremblante.

Elle va parfaitement donner le change. Pas question, pour ceux des adjoints qui voient le costume taillé trop grand pour elle, de sécher les réunions qu'elle préside. « Elle a réuni tout le monde dans son bureau, raconte son mari – ancien député PS frondeur – Jean-Marc Germain, et elle a parfaitement géré les affaires. » Mieux : la première adjointe, en charge du bureau des temps et de l'égalité hommes-femmes, va même efficacement assurer la tournée des comptes rendus de mandat, programmée par Delanoë, avec chacun des adjoints et leurs services.

À ce moment-là, venant d'où elle venait, avec son absence totale de légitimité, l'intéri-maire a démontré de vraies qualités de volonté et de courage. Les crocodiles de gauche, les proches de Dominique Strauss-Kahn comme Jean-Christophe Cambadélis et Jean-Marie Le Guen, ont commencé à se dire qu'elle pouvait être dangereuse. Avec Bertrand Delanoë aussi, les choses vont devenir plus compliquées. Le maire de Paris est ambivalent : d'un côté, il est fier d'avoir choisi une première adjointe qui a montré sa fidélité, son cran et une forme de solidité et même de compétence ; de l'autre, il voit poindre en lui un sentiment de dépossession et de jalousie, qu'il nie forcément. Mais qui transparaît : en 2004, Delanoë envoie Anne Hidalgo le représenter au congrès des maires des grandes villes de France qui se tenait à Mulhouse, fief de Jean-Marie Bockel, président de cette association. Les deux maires se croisent quelques jours plus tard :

– Ça s'est bien passé, avec Anne ?

– Très bien. Elle a lu ta lettre et, à travers elle, tu as été beaucoup applaudi.

Soudain, le visage de Delanoë se crispe :

– Elle est plus belle que moi et elle ferait sans doute un meilleur maire, c'est ce que tu veux me dire ?

– Non, pas du tout : qu'est-ce qui te prend ?

Comme une diva blessée, le maire de Paris a tourné les talons et s'en est allé, sans un mot.

Mais pas question d'exprimer publiquement de si vilains sentiments. Bertrand Delanoë ne tarit pas d'éloges sur la jolie brune que plus personne ne perçoit comme « une première adjointe d'opérette ». La prétendue plante verte se développe et commence à trouver son pot trop étroit. Elle va donc essayer de se libérer de la tutelle exclusive du maire de Paris, qu'elle continue à soutenir et à flatter. La voilà qui intrigue pour prendre la tête de liste socialiste aux élections régionales, à la place du placide Jean-Paul Huchon. En vain. Tous les amis de Strauss-Kahn lui tombent dessus. Au PS, sa promotion rapide, hors des sentiers battus, hors l'appareil du parti, agace. Après un accord avec les Verts, elle obtient, manière de compensation, de conduire la liste de gauche de Paris à ces élections régionales. Aux lieu et place de la première vice-présidente sortante de la région Île-de-France, la fabiusienne Marie-Pierre de la Gontrie (déjà tête de liste à Paris en 1998 et soutenue par Jean-Paul Huchon), à qui la place avait été promise de longue date. Elle obtient 50,5 % des voix. Anne Hidalgo remporte sa première élection au Conseil régional d'Île-de-France sur la liste Huchon. Mais le titre de vice-présidente lui échappe. Elle devra se contenter d'être membre de la commission transports et circulation. Bertrand Delanoë, qui veut se représenter à la mairie de Paris en 2008, fait saliver sa « petite chérie » (c'est ainsi qu'il la surnomme), en lui disant qu'elle pourra lui succéder en 2014 : « Paris aura un jour une femme maire. Cette ville, tu la comprends et tu t'y investis. » Anne Hidalgo entend cela, mais elle est impatiente : 2014, c'est si loin ! Toulouse plutôt que Paris, comme le lui a suggéré François Hollande ? Fin mars 2004, elle déclare à *La Dépêche du Midi* : « Il est clair qu'entendre son nom cité à Toulouse est très gratifiant : "Le moment venu, si on me sollicite, je répondrai [...]. Si on considère que mon profil est intéressant, je serai honorée et flattée." » En manque d'espace vital, mais surveillée par le susceptible Delanoë, la plante verte s'oblige à la nuance : « Je ne me dis pas qu'il faut que je cherche ailleurs, mais je ne m'interdis pas de regarder ailleurs. » Un message clair envoyé à son mentor ! Qui lui promet d'une part qu'elle montera en grade après les élections municipales de 2008, et d'autre part qu'il se retirera, pour lui laisser la place, à l'échéance suivante, en 2014. Imprudent !

En 2008, candidat dans le 18e arrondissement, Bertrand est réélu tandis que Sœur Anne connaît un nouvel et cuisant échec dans le 15e contre l'indéboulonnable Philippe Goujon. « Sa seule légitimité à Paris, c'est d'être bosseuse et d'être imposée par le chef, déclare son adversaire. En passant de Delanoë à Hidalgo, on a changé de dimension ! » Par la magie du scrutin de liste, la voilà néanmoins, au nom du PS, de nouveau conseillère de Paris. Réélu maire, enfin détenteur d'une majorité absolue (sous son premier mandat, elle était plurielle), Delanoë tient sa promesse et la reconduit comme première adjointe, en charge de l'urbanisme et de l'architecture. Enfin un poste de pouvoir ! À ce titre, elle sera pleinement responsable, après Bertrand

Delanoë, du scandale de la rénovation du Forum des Halles, qui coûtera plus d'un milliard d'euros pour le seul profit de la société néerlandaise Unibail-Rodamco.

En 2010, grâce à sa présence comme tête de la liste PS de Paris pour les élections régionales, notre fine politicienne demeure conseillère régionale d'Île-de-France où elle intègre la commission culture. Mais, toujours discrète, elle soigne avant tout sa relation avec Delanoë : « Nous avions une relation très forte, affective, politique, racontera-t-elle, après avoir décroché le pompon. Des Parisiens me disent qu'ils trouvent cela très bien, car en politique on n'est pas obligé de tuer celui qui est devant pour prendre sa place. » Avec ses bons sentiments légendaires, il lui a suffi de savoir l'enrober, l'influencer, le neutraliser.

Car, en coulisses, commencent les grandes manœuvres alors que la victoire à l'élection présidentielle se profile pour François Hollande. Avant même qu'elle ne soit acquise, l'intrigante adjointe au maire va d'un côté pousser son patron à réclamer un poste de ministre – « tu en as le profil et le talent » – dans le futur gouvernement de Jean-Marc Ayrault, et de l'autre, intervenir auprès de Hollande pour qu'il lui dégage une fois de plus le terrain. Elle harcèle l'Élysée de coups de fil, met son amie Valérie Trierweiler, alors maîtresse du président, dans la boucle : « Il est calibré pour la Justice ou la Culture », serine-t-elle. Un écho est même publié dans la presse, évoquant sa propre entrée au gouvernement, histoire de piquer Delanoë au vif. En vain. Nul ne sait vraiment pourquoi Delanoë n'est pas devenu ministre. Aurait-il voulu qu'on se prosterne à ses pieds ? « Se serait-il un peu trop fait désirer », comme on le dit aujourd'hui dans l'entourage de l'ancien chef de l'État ? Son parisianisme aurait-il été un handicap ? Ou bien, flairant la manœuvre de son adjointe pour l'écarter, se serait-il vexé ? En tout cas, pendant ses premiers pas à l'Élysée, François Hollande n'obéira pas aux injonctions, aux caprices et aux menaces d'Hidalgo.

Elle décide alors de forcer le destin. Et la main de Delanoë, avec lequel elle va avoir une explication houleuse : dès septembre 2012, elle annonce son entrée en campagne immédiate pour la mairie de Paris. « Il fallait que je me fasse connaître autrement que dans mes fonctions d'adjointe », justifie-t-elle alors. La voilà lancée. Elle fonde « Oser Paris », son outil de campagne.

Delanoë est furieux, même s'il n'en montre rien. Il ne peut pas se déjuger. Au moins entend-il garder le pouvoir jusqu'au bout. Ex-présidente de la RATP, devenue ministre des Transports d'Emmanuel Macron, Élisabeth Borne s'en souvient. Cette polytechnicienne était, en février 2013, directrice de l'urbanisme à la mairie de Paris. Anne Hidalgo l'avait prévenue : « Dès que je suis élue maire, je te confie la direction générale des services. » Mis au courant, suspectant une cabale, Bertrand Delanoë l'a très mal pris. Un mercredi, Élisabeth Borne reçoit un coup de fil du secrétaire général de l'Élysée :

– Madame, j'ai l'honneur de vous informer que le président de la République vous a nommée préfète de la région Poitou-Charentes. Votre prise de fonction est immédiate. La cérémonie aura lieu en début de semaine prochaine.

– Mais je n'ai jamais demandé à être préfète ! Et dans la région de Mme Royal ! Qu'est-ce que cela signifie ?

– Vous serez la première femme préfète de région.

– Mais il faut un uniforme, je n'en ai pas.

Le secrétaire général de l'Élysée donne alors à la future préfète l'adresse d'un tailleur spécialisé :

– Il est prévenu. Vous avez trois rendez-vous pour vos mesures. Tout sera prêt.

Parce qu'Élisabeth Borne avait spéculé sur la promotion d'Anne Hidalgo, Bertrand Delanoë ne voulait plus la voir ni la croiser. Et François Hollande s'est exécuté.

Après une campagne hargneuse contre Nathalie Kosciusko-Morizet, Anne Hidalgo est élue maire de Paris, en avril 2014. Au cours de la dernière séance du Conseil de Paris en sa présence, Bertrand Delanoë a dressé le bilan – forcément positif – de ses deux mandats, « mais sans dire un mot sur sa première adjointe, sans la citer une seule fois », se souvient un élu présent, alors qu'elle était assise en face de lui. Transparente. En regardant dans les yeux celle qu'il a longtemps prise pour une plante décorative, le maire sortant a seulement lâché : « Tous, vous allez me regretter. »

« Elle a serré les dents, affirme une de ses adjointes, sous condition de garder l'anonymat. J'ai l'impression que, depuis qu'elle est maire, Anne se venge des frustrations que lui a fait subir Bertrand. »

Pendant toutes ces années d'apparatchik à la conquête du pouvoir, Anne Hidalgo est restée inspectrice du travail, cumulant les fonctions et les rémunérations, sans la moindre vergogne. C'est Serge Federbusch, dans Delanopolis, qui a levé ce lièvre en avril 2013, en révélant son statut de retraitée et le cumul de ses indemnités d'élue. Pendant la campagne de 2014, il a tenté de faire une reconstitution de sa carrière, comme lorsqu'on calcule ses propres droits de retraite. Conseillère technique de novembre 2000 à juillet 2001 au cabinet de Marylise Lebranchu, garde des Sceaux, elle rétrograde alors en chargée de mission, sans compétences définies. Tête de liste PS dans le 15e arrondissement, le plus grand de Paris, à l'automne 2000 elle avait fait campagne, situation peu compatible avec des fonctions dans un cabinet ministériel.

À partir d'avril 2001, la voilà élue au Conseil de Paris, désignée première adjointe au maire de Paris, chargée du fumeux bureau des temps et de l'égalité hommes-femmes. Elle reste néanmoins rétribuée par le cabinet de Marylise Lebranchu, au titre de chargée de mission, cumulant son traitement de détachement et ses indemnités d'élue parisienne. La situation se complique après le 21 avril 2002 et le retrait de la vie politique de Jospin. Elle retourne au ministère de la Santé, affectée à l'inspection du travail où elle continue d'accumuler de l'ancienneté [1] puisqu'en 2011 elle se targuera de vingt-neuf années de services. Parallèlement, elle est toujours première adjointe à Paris et multiplie les activités politiques : membre du bureau national du Parti socialiste depuis 2003 et, après 2005, secrétaire nationale à la culture.

Depuis 2004, elle est, en plus, élue au conseil régional d'Île-de-France. « Quadruple cumul, s'étonne Serge Federbusch. Inspection du travail, première adjointe au maire de Paris, Parti socialiste et région. »

Si la gestion du bureau des temps n'était pas trop

1. *Delanopolis*, 16 février 2014.

chronophage, il n'en va pas de même à partir d'avril 2008, lorsqu'elle reçoit la très lourde délégation à l'urbanisme, une occupation à temps plein. Mais l'inspectrice du travail est toujours en fonction, payée par les contribuables. Sa carrière administrative se poursuit : c'est avec le grade élevé de directrice du travail qu'elle prend finalement sa retraite en juillet 2011, à cinquante et un ans. Pour bénéficier d'une retraite à cet âge, l'habile apparatchik s'est dépêchée de faire valoir ses droits, en janvier, trois mois avant l'abrogation d'une disposition avantageuse pour les fonctionnaires mères de trois enfants et plus. Or le 12 décembre 2001, elle a donné naissance à un petit Arthur. Delanoë la mariera avec son compagnon Jean-Marc Germain, le 26 juin 2004.

Où est la trace, même fugace, d'un rapport ou d'une activité quelconque de la directrice du travail pendant cette décennie ? Interrogée pendant la campagne, la candidate avait cru s'en tirer avec une boutade : « Maintenant, je coûte moins cher à l'État. » Comme si pour l'État le coût d'un fonctionnaire n'était pas la contrepartie d'un travail… qui semble avoir été furtif, pour rester aimable (elle n'a pas le monopole de la bienveillance !).

Piquée au vif par ces révélations, Anne Hidalgo s'était risquée à plaider sa bonne foi sur RMC, en déclarant qu'elle gagnait 5 000 euros nets[1] pour l'ensemble de ses mandats. Pourtant, les fonctions de conseillère de Paris et de première adjointe au maire lui rapportent plus de 4 500 euros par mois, à quoi s'ajoutent 2 118 euros en tant que conseillère régionale. Avec sa retraite de 1 543 euros nets

1. Interview du 4 avril 2013.

par mois, on arrive à 8 200 euros de revenus mensuels nets, sans compter les avantages et les attributs liés à ses fonctions.

De toute façon, le sujet n'est pas là, mais de savoir à combien s'est élevé, pour les contribuables, le coût d'une décennie de travail, difficile à cerner. On a évalué le coût total pour l'État d'un agent de ce grade à 5 000 euros par mois minimum, soit plus de 500 000 euros sur la période concernée. Sans compter la majoration de sa pension de retraite jusqu'à la fin de ses jours. Le magistrat Serge Federbusch n'a jamais cessé de demander à la maire de Paris des explications. Il n'a jamais eu de réponse.

19

Clientélisme à tout-va

Dans ce contexte où la vie des Parisiens est devenue plus dure – infernale, disent beaucoup d'entre eux –, que fait Madame-je-sais-tout de leurs impôts ? La réponse paraît sympathique à première vue : Paris est, de loin, la ville française qui accorde le plus de subventions. En partie avec l'argent de la Région, même si Valérie Pécresse assure vouloir y mettre un terme. Mais de près, rien n'est clair. Car c'est un pouvoir clientéliste qui s'est ainsi emparé de la mairie de Paris en 2001 avec Bertrand Delanoë, mouvement accéléré par Anne Hidalgo. Avec eux, on est passé du stade artisanal, comme sous Chirac, au stade industriel.

À la fin de l'ère Tiberi, en 2001, les subventions aux associations atteignaient 133 millions d'euros. Bertrand Delanoë puis Anne Hidalgo les ont portées à 310 millions en 2015 (soit plus de 140 euros par habitant). Difficile pour les Parisiens de savoir avec précision comment cet argent est utilisé. De nombreux fonctionnaires municipaux ont été recrutés pour gérer les dossiers. Ce système a été développé, structuré et officialisé. Des voix se lèvent au sein même de la majorité municipale face à ce qui est devenu « une véritable caricature d'une gestion socialiste », selon un élu Vert. Actuellement, les subventions aux associations ne sont rendues publiques que lorsqu'elles sont votées individuellement par les élus. Mais il y a aussi des votes groupés qui ne donnent pas lieu à débat, si un élu n'y porte pas un intérêt particulier. Nathalie Kosciusko-Morizet réclame en vain que la liste complète des versements aux associations soit publiée et consultable sur Internet. Une mesure de bon sens démocratique, nécessaire à Paris comme dans toutes les villes de France, dont on s'étonne qu'elle ne soit pas obligatoire.

Un livre entier ne suffirait pas pour publier le détail des subventions accordées à tous les vents par la mairie de Paris. On tombe sur des perles lorsque l'on consulte la liste de ses communiqués quotidiens : « C'est avec une profonde tristesse que j'ai pris connaissance des tragiques conséquences des pluies diluviennes qui se sont abattues mardi dernier sur la Nouvelle-Calédonie, fait ainsi savoir une Anne Hidalgo accablée. Par solidarité [...] j'ai décidé [...] l'attribution d'une aide d'urgence de Paris à la Nouvelle-Calédonie, d'un montant de 30 000 euros. » On peut comprendre qu'elle ait, le 1er avril 2016, débloqué 100 000 euros pour des ONG qui interviennent à Alep en Syrie, au Liban et dans l'extrême nord du Cameroun. On comprend moins qu'elle utilise l'argent des Parisiens pour allouer, quatre jours plus tard, « une subvention de plus d'un million d'euros à La Place, le plus grand centre culturel hip-hop au monde ». Plus sérieuse est la proposition au Conseil de Paris, le 4 mai 2016, de consacrer 1,8 million d'euros supplémentaires à la lutte contre le sida versés à seize associations dans plus de vingt pays. Est-ce ainsi qu'Anne Hidalgo éradiquera cette maladie, comme elle s'y est peu prudemment engagée publiquement ? La litanie est sans fin.

L'Observatoire des gaspillages de l'association Contribuables associés a analysé les projets de délibération de l'ordre du jour du Conseil de Paris en mars et en décembre 2016. C'est un inventaire à la Prévert. On y trouve, entre autres, des subventions qui n'ont aucun rapport avec le bien-être des Parisiens : 4 000 euros à l'association Lire en Afrique pour la création d'une bibliothèque dans le centre culturel de Grand Yoff à Dakar (Sénégal) ; 5 500 euros à la Coordination des Associations pour le droit à l'avortement et à la contraception, pour des rencontres internationales de soutien à la légalisation de l'IVG à l'étranger ; 1 000 euros à une association de formation psychanalytique et de recherches freudiennes pour la formation d'un coordinateur géorgien sur la compréhension et la prise en charge des troubles autistiques en Géorgie ; 5 000 euros à l'association Pèlerinage pour l'organisation d'un festival artistique israélo-palestinien ; 5 000 euros pour Les Amis des combattants en Espagne républicaine ; 10 000 euros pour l'organisation du festival Sarajevo-sur-Seine à Paris par l'association European Grassroots Antiracist Movement.

On y trouve aussi du soutien aux associations homosexuelles les plus inattendues : 3 500 euros pour le Festival international du film lesbien qui, l'année précédente, proposait un guide du fisting, présenté comme une « rencontre entre le porno queer et l'éducation sexuelle » ; 13 000 euros à Les Ami-e-s du Mage pour des colloques et débats sur les « questions de genre et du travail » ; 20 000 euros aux Dégommeuses pour faire participer

« 15 joueurs(ses) et activistes LGBT » à des tournois de foot.

Il y a aussi des soutiens qui peuvent être intéressés, comme les 20 000 euros offerts à l'association Ayyem Zamen le temps de jadis, pour « repérer et localiser des personnes immigrées très âgées et isolées [...] afin de pouvoir les accompagner vers les structures adaptées ». Arrière-pensées clientélistes ? On ose y croire ! De même, Contribuables associés se demande si les 15 000 euros accordés au Syndicat du logement et de la consommation, censé défendre les locataires des HLM parisiennes, ne seraient pas « une belle enveloppe pour faire taire des gêneurs éventuels ». Que de mauvaises pensées !

Il y a bien entendu des subventions trop prévisibles, venant d'une municipalité de gauche, comme les 30 000 euros accordés à l'Unef, le syndicat étudiant que Bruno Julliard, premier adjoint d'Anne Hidalgo, a présidé de 2005 à 2007 ; ou les 4 000 euros offerts à SOS Racisme, créé par François Mitterrand pour faire monter le Front national, qui vit depuis des lustres de subventions publiques, pour « lancer des campagnes de mobilisation des Parisien-ne-s ainsi que des actions de terrain pour enclencher des dynamiques citoyennes autour du combat pour l'égalité » (*sic*) ; ou les 40 500 euros à l'association Safe en deux subventions, l'une de 25 000 euros pour installer des distributeurs automatiques de seringues dans Paris, l'autre de 15 500 euros pour une étude sur « les pratiques et sur les prises de risque des usagers injecteurs de drogues » ; ou encore les 6 600 euros donnés à Transparency International France, ONG mondiale chère à la bien-pensance de gauche, censée lutter contre la corruption.

Il y a aussi les 23 000 euros offerts à l'association L'Impossible pour deux projets, dont « des ateliers artistiques et citoyens en prison qui proposent une résidence d'écriture sonore en détention sur le thème de l'identité autour de la création et la fabrication d'objets sonores » (*sic*). La création sonore est ici utilisée comme médium pédagogique, indique la mairie : « L'objectif est de permettre l'expression, la réflexion et la verbalisation des questions liées à son identité et sa place dans la collectivité (re-*sic*). » Voilà « un atelier à faire pâlir d'envie le terroriste Salah Abdeslam, détenu dans le carré VIP de la prison de Fleury-Mérogis », s'étrangle Contribuables associés. Pour notre part, on est surtout choqué par le côté farfelu de cette subvention pour la création d'objets sonores en prison, où n'existe même pas le confort minimal (rats, saleté, promiscuité) qui sied dans un grand pays développé.

Farfelu ?

Au cours de ces séances de mars et de décembre 2016, les projets de subventions qui entrent dans cette catégorie ne manquent pas : 5 083 euros aux Amis des Jardins du Ruisseau qui « envisage d'installer une grande serre rotative de 4,50 m de haut, composée de lamelles de verre multicolores et pivotantes [...], vitrine de l'agriculture urbaine de demain » ; 2 000 euros au Centre ornithologique Île-de-France (Corif) pour compter les oiseaux nicheurs parisiens ; 10 000 euros à K Production pour son projet Aqua Foot, qui est de réaliser un « film subaquatique s'inspirant des plus beaux gestes et passes de football ».

Est-ce tout ? Pas vraiment, il faut aussi mentionner les 44 500 euros pour le « développement de la citoyenneté dans le mouvement hip-hop ». Et que dire des 10 000 euros versés à l'Association française des communes, départements et régions pour la paix dont l'un des objectifs pédagogiques est « la plantation et la culture, dans l'espace public parisien, des graines issues d'arbres ayant survécu au bombardement d'Hiroshima ». Daniel Fontaine, président d'honneur de cette association, dirigée par cinq élus communistes, a été condamné à rembourser des frais dépensés, lorsqu'il était maire (PC) d'Aubagne, pour se rendre à New York à un sommet sur le nucléaire, en 2010.

Qui profite réellement des millions alloués par la mairie de Paris aux associations ? Souvent, quand un élu pose une question trop précise sur l'attribution d'une subvention, celle-ci est subrepticement retirée avant le vote. À la rentrée de septembre 2015, les élus doivent ainsi délibérer d'une subvention de 150 000 euros à l'association Yes We Camp, pour la réhabilitation de l'hôpital Saint-Vincent-de-Paul. Méfiant, Jean-Baptiste de Froment, élu de droite, s'apprête à prendre la parole quand Anne Hidalgo retire la délibération de l'ordre du jour. Il est vrai que l'élu allait révéler que l'architecte Jean-Michel Guénod, président de Yes We Camp, est un membre actif du Parti socialiste, proche de la maire et rémunéré comme consultant du temps où Anne Hidalgo présidait le conseil d'administration de l'Atelier parisien d'urbanisme (Apur). Pourquoi s'embêter avec un appel d'offres ?

On sait que dans chaque niche fiscale, il y a un chien qui mord. Derrière beaucoup de subventions, on suspecte une raison personnelle ou un coup politique, susceptible de générer une polémique. Valérie Pécresse en a fait l'expérience le premier week-end d'octobre 2016, consacré à la réception de Thomas Bach, président du Comité international olympique, pour la candidature de Paris aux Jeux de 2024. La maire de Paris et la présidente de la région se baladent avec lui en vélo, posent devant la tour Eiffel, visitent les installations : sourires, convivialité, complicité...

Jusqu'à une alerte sur le web du journal *Libération*, pour un article à paraître le lendemain qui va faire tomber de haut Valérie Pécresse. *Libé* publie une lettre d'Anne Hidalgo qui lui est adressée, dans laquelle elle s'insurge contre sa décision de réduire la subvention régionale à une association chargée des distributeurs-récupérateurs de seringues pour toxicomanes : « La responsabilité de contaminations provoquées par votre décision unilatérale de cesser ces financements vous incomberait gravement », lance avec une violence rarement vue Hidalgo, qui accuse ainsi, ouvertement, sa rivale de complicité criminelle. La région a diminué sa subvention de 100 000 à 25 000 euros, écrit *Libération* dans un article à charge contre Pécresse, à la gloire de sainte Hidalgo : « La majorité municipale a décidé de compenser une partie des fonds manquants, mais l'existence de Safe et, partant, la poursuite d'une politique de réduction des risques à Paris est en jeu », écrit le journal.

Stupéfaite que la Reine de la propagande ait envoyé sa lettre à *Libération* avant de la lui avoir adressée – c'est pourtant sa pratique systématique – et choquée par le fond de sa missive, Valérie Pécresse l'appelle. Celle-ci finira par lui lâcher : « Ces choses-là arrivent en politique. » *Libération* refusera d'ailleurs de diffuser son droit de réponse dans lequel elle expliquait que la subvention initiale de 100 000 euros était destinée à installer les distributeurs de seringues et non pas à les entretenir tous les ans.

Derrière la polémique, une réalité : quand Valérie Pécresse réduit de 75 millions d'euros ses subventions aux associations franciliennes en leur demandant de justifier leurs dépenses, Hidalgo continue d'accroître les siennes. Cette affaire de seringues est en même temps symbolique du cancer qui ronge les finances municipales : le mélange des frais d'investissement et de fonctionnement – une habitude dans les finances parisiennes depuis quelques années –, tout comme le fait que lorsqu'une subvention est accordée, le bénéficiaire s'attend à ce qu'elle soit systématiquement reconduite. Sans oublier le côté Père Ubu de ce maquis impénétrable. Sauf pour Mère Ubu…

20

Paris dépouillé, Paris ruiné

« Renseignez-vous auprès de vos confrères des *Échos* », nous avait conseillé le sympathique porte-parole de l'inaccessible maire de Paris lorsqu'on lui faisait part de nos doutes sur la sincérité des comptes de la Ville. Une ville qui, en 2001, lorsque les socialistes y ont pris le pouvoir, avait 1,1 milliard d'euros de dettes pour un budget de 6,5 milliards et qui, en 2017, affichera 5,7 milliards de dettes pour un budget de 8 milliards. « Nous leur avons remis les clés d'un trésor, avec une fiscalité très basse et une dette très faible, avec des caisses pleines, affirme Jean-François Legaret, en charge des finances sous Chirac et Tiberi. Delanoë et Hidalgo ont dépensé sans compter, ils ont tout gaspillé et n'ont plus, aujourd'hui, aucune marge de manœuvre. » Un jugement partagé par la chambre régionale des comptes, qui avait pointé qu'à partir du moment où sa dette franchirait les 3,5 milliards, « la Ville entrerait dans un cycle infernal où elle serait dans l'incapacité de courir derrière ses frais financiers ».

C'est le cas aujourd'hui : à 5,7 milliards, Paris a réduit à néant sa capacité d'autofinancement. Au rythme actuel, la dette devrait dépasser 7,5 milliards en 2020, soit 120 %

d'augmentation en cinq ans ! Une folie : quand Anne Hidalgo remettra son mandat en jeu, chaque bébé parisien naîtra avec une dette de 3 400 euros, plus de deux fois supérieure à celle de 2014. La chambre régionale des comptes estime que sa capacité de désendettement qui, en 2015, correspondait à treize ans d'épargne brute, passera à dix-huit ans en 2017 (Standard & Poor's l'évalue à vingt-deux ans !), alors que le seuil d'alerte est fixé à douze ans. Réponse de la Ville : « Pour sa part, [elle] considère que l'importance de la qualité de son patrimoine suffit à conforter le réalisme de ces objectifs, les négociations en cours rendant par ailleurs difficile toute diffusion d'informations plus précises. »

Anne Hidalgo est ailleurs, sur les sommets où souffle un air vierge de toute particule : « C'est sur l'exigence démocratique d'une gestion sobre et saine que doivent reposer à la fois la consolidation de notre assise financière et le niveau très élevé de notre investissement », affirme-t-elle dans sa fameuse langue de bois, devant le Conseil de Paris, le 7 novembre 2016. Elle y rappelle que les dotations de l'État ont baissé de 142 millions d'euros tandis que la contribution parisienne à la solidarité nationale a augmenté de 47 millions, explique que les Parisiens contribuent « à plus de 50 % de la péréquation francilienne et à 20 % de la péréquation nationale », ce qui correspond à « une perte de recettes de plus d'un milliard d'euros ».

Malgré cela, affirme-t-elle, « nous poursuivons avec détermination la mise en œuvre de nos priorités et notamment notre programme d'investissement de mandature de 10 milliards d'euros. Il s'agit de bâtir une métropole toujours plus innovante, bienveillante et durable ». Et la voilà qui bifurque sans attendre sur la transition énergétique, « moteur de notre candidature aux Jeux olympiques et paralympiques 2024 », sur « les baignades urbaines », sur le « développement de la végétalisation », ou encore sur « la priorité donnée aux alternatives aux transports polluants, en particulier le vélo et la marche à pied, avec la stratégie innovante Paris Piéton ». Qu'il soit mouillé, végétalisé, à cheval sur son vélo ou bien à pied, chaque Parisien reste endetté à hauteur de 2 060 euros, pour payer les fonctionnaires municipaux en surnombre d'une ville mal entretenue.

Très concrètement, aussi « sobre » qu'elle prétende être, la maire dépense chaque année 400 millions de plus qu'elle ne gagne. Hérité de la mandature Delanoë, ce chiffre avait été brandi par NKM pendant la campagne de 2014 et violemment contesté par Hidalgo, jusqu'à sa victoire. « Un mois et demi après, ils ont reconnu l'existence de ce trou dans le budget », affirme l'ancienne cheffe de l'opposition municipale.

Quand on dépense plus qu'on ne gagne, pour revenir à l'équilibre, il n'y a pas trente-six solutions : dépenser moins et/ou gagner plus. Pas question, pour cette grande figure socialiste à l'ancienne qu'est Mère Ubu, de vivre autrement que sur un grand pied. Rompant avec les dépenses trop visibles de Jacques Chirac avec ses invraisemblables « frais de bouche », Bertrand Delanoë puis Anne Hidalgo ont, un temps, tenté d'afficher leur bonne gestion en annonçant la réduction des petits-fours à l'Hôtel de Ville et la vente de bouteilles de vin par milliers. Toujours la com ! Ces frais de réception ne représentent pas l'épaisseur du trait dans le budget. Pas plus, d'ailleurs, que les frais engagés aujourd'hui pour assurer la sécurité de Mme la maire, qui a dépensé 300 000 euros en faisant installer vitres blindées, portiques à trois niveaux, portes automatiques et tout un dispositif de sécurité sous prétexte qu'elle serait une des principales cibles de terroristes venus de Syrie ou de Paris ! C'est d'ailleurs avec une sorte de fierté mal dissimulée que « la présidente mondiale des villes bienveillantes » fait savoir qu'après les attentats de 2015, elle « fait partie des quatre personnalités sur lesquelles plane une menace très élevée, avec le président de la République, le Premier ministre et le ministre de l'Intérieur ».

Réduire les dépenses dans une collectivité comme Paris, c'est d'abord réduire la masse salariale, ne pas remplacer tous les fonctionnaires qui partent à la retraite et faire appel à des sociétés extérieures. Dans le prolongement de Bertrand Delanoë, Anne Hidalgo fait exactement l'inverse : il y avait moins de 40 000 agents salariés de la Ville de Paris en 2001, il y en a plus de 56 000 aujourd'hui et plus encore demain, la mairie devenant un hospice pour membres du PS en détresse. Or la masse salariale, qui a augmenté de 400 millions depuis 2008, s'est encore accrue de 66 millions en 2017, en hausse de 2,9 %. C'est la fuite en avant. Dès qu'elle a un problème, elle dégaine aussitôt l'annonce d'embauches, comme elle l'a fait dans son plan de com annuel pour « améliorer la propreté de Paris ». À son crédit, un début de regroupement des administrations centrales, qui étaient éparpillées sur 59 sites. Mais rien n'a été fait pour limiter enfin ce sport municipal qu'est devenu l'absentéisme, dont le coût est évalué à 200 millions d'euros par an, selon un rapport de la Mission d'information et d'évaluation (MIE). On accueille à guichet ouvert les anciens des cabinets ministériels socialistes, alors que la productivité des agents se dégrade d'année en année : les 35 heures hebdomadaires sont une plaisanterie dans plusieurs directions, où même les 32 heures sont virtuelles. Après la privatisation du stationnement, les 1 600 pervenches vont, paraît-il, être recasées dans une vague « brigade de lutte contre les incivilités », dont la tâche principale consistera à verbaliser les jeteurs de mégots et ceux qui confondent poubelle jaune et poubelle verte...

L'autre façon de diminuer ses dépenses, c'est de réduire ou de décaler les investissements, comme cela se fait dans toutes les entreprises privées. La maire en est incapable. Au contraire, elle se vante de les augmenter pour atteindre 10 milliards d'euros, pendant sa mandature, contre 8,5 milliards sous la précédente. « Investir moins serait préjudiciable, a affirmé Julien Bargeton, son adjoint (PS) chargé des finances, devant le Conseil de Paris. Notre volonté est de poursuivre et d'amplifier l'investissement. »

Mais s'agit-il de véritables investissements ? Il existe une règle d'or : à la différence des États, les collectivités locales ne peuvent légalement emprunter que pour financer leurs investissements, jamais leurs dépenses de fonctionnement. Or à Paris, sous Hidalgo, cette règle est régulièrement contournée : la Ville emprunte désormais pour financer ses dépenses de fonctionnement. C'est écrit explicitement, mais enfoui dans une masse de 500 délibérations transmises au dernier moment, dans le document établissant le projet de budget primitif 2017 (délibération DFA 168-DLH) présenté en décembre 2016 au Conseil de Paris : « Reprise en section de fonctionnement de l'excédent d'investissement 2017. » « Quand l'on prend le volume des investissements, il ne correspond pas aux emprunts qui ont été souscrits », affirme Jean-François Legaret. Présidant une mission d'information et d'évaluation sur la stratégie immobilière de la Ville, celui-ci a découvert par exemple qu'entre 2001 et 2011 (donc sous Delanoë), la Ville avait investi 1,7 milliard dans le logement mais qu'elle avait, en même temps, encaissé 1,3 milliard de recettes sur la cession de biens immobiliers. Soit un solde de 400 millions en dix ans, c'est-à-dire la somme ridicule de 40 millions par an sur un budget de 8 milliards ! On ne dispose pas de chiffres similaires sous la mandature d'Anne Hidalgo, mais, sauf surprise, la même tendance devrait se poursuivre : les dépenses d'investissement dans le logement sont bien inférieures à ce qui est affiché.

Faute de diminuer les dépenses, reste à augmenter les recettes. Problème, pour se faire élire, Anne Hidalgo s'est lié les mains : elle a promis qu'elle n'augmenterait pas les impôts pendant les six ans de sa mandature. Pour faire rentrer de l'argent dans les caisses, elle va racler les fonds de tiroirs. Elle brade les bijoux de famille – immeubles, terrains, locaux divers – en espérant en tirer chaque année 200 millions. Toujours avec l'appui de Hollande et de Valls – mais de quoi avaient-ils peur ? –, elle a obtenu que l'Assemblée vote une augmentation de la taxe sur les résidences secondaires, au nombre de 92 000 à Paris, ce qui va apporter 45 millions d'euros supplémentaires dans les caisses de la Ville. Celle-ci a bénéficié, mécaniquement, de l'augmentation de 10 % des droits de mutation (les « frais de notaire ») et de la hausse des prix de l'immobilier qui ont rapporté 533 millions, du même ordre que la baisse des dotations de l'État. Il y a eu aussi la multiplication par deux ou trois, selon les arrondissements, des prix et des amendes de stationnement, l'explosion des recettes des droits de terrasse à la charge des cafetiers (+ 32 %), des concessions de cimetières (+ 15 %) et des redevances de pompes à essence (+ 220 %). On peut y ajouter les hausses des tarifs des services publics, cantines, bibliothèques, conservatoires et autres, qui ont parfois triplé… « Au total, depuis l'arrivée de la maire qui n'augmente pas les impôts, la ponction sur la population est passée de 5,2 à 6,4 milliards d'euros, soit 23 % de hausse, alors que l'inflation cumulée ne dépassait pas 1,6 %[1] ! », affirme un mensuel. 23 % de hausse ! Heureusement que la gestion est, paraît-il, « saine ». Que serait-ce si elle ne l'était pas !

Anne Hidalgo attend beaucoup, à compter du 1er janvier 2018, de la privatisation du stationnement, dont elle espère tirer 300 millions d'euros de recettes par an. Impôts, taxes, redevances et maintenant contraventions ? Dans son rapport de février 2016, la chambre régionale des comptes a rappelé une évidence, consacrant une page entière à expliquer que la fiscalité formait un tout.

Pour combler le trou de 400 millions entre les dépenses, qu'elle augmente, et les recettes qu'elle accroît moins vite par des moyens de fortune, la gestionnaire d'élite s'est prêtée, avec l'accord du gouvernement Hollande finissant, à une invraisemblable combine. La mairie de Paris a inventé le piège diabolique du « rapatriement anticipé » des loyers capitalisés des sociétés d'économie mixte, bailleurs sociaux qu'elle contrôle, dirigés par

1. *Capital*, mai 2017.

des élus du même camp : les offices HLM ont été priés de verser par avance, à la mairie, leurs loyers capitalisés avec de vingt à cinquante ans d'avance.

Grâce à cette pratique délirante qui s'apparente à une forme de cavalerie, la Ville a pu récolter 354 millions d'euros en 2016 et 287 autres en 2017. Elle espère recevoir des loyers capitalisés estimés à plus de 1 milliard d'euros au cours de la période 2017-2020. Son budget dégagerait alors un excédent d'investissement (versé en dépenses de fonctionnement, en rupture avec la règle d'or des collectivités locales) estimé entre 200 et 300 millions d'euros chaque année. « Ceci implique que si l'on change de majorité municipale en 2020, nous ne pourrons plus prélever aucun loyer, puisqu'ils auront déjà été payés pour boucher le trou actuel[1] », s'insurgent d'une même voix Jean-François Legaret et Nathalie Kosciusko-Morizet.

Une mesure choquante, que la loi prévoit pourtant, mais à titre exceptionnel. Alors Premier ministre, Manuel Valls, à la demande de François Hollande, a fait voter en 2016 une loi d'exception pour cela. Et bizarrement, toujours à titre exceptionnel, l'opération a été renouvelée en 2017. Le sera-t-elle les prochaines années, maintenant qu'Emmanuel Macron est à l'Élysée, alors qu'elle n'a cessé de le dénigrer, comme ministre puis comme candidat ? Rien n'est moins sûr. Il reste qu'en trois ou quatre ans, la saine et sobre Anne Hidalgo, malgré toutes ces astuces, a totalement épuisé cette manne, et restera toujours face à ce trou de 400 millions, écart

1. Cf. le site Le Parigot - Le Média des Parisiens, 24 février 2017.

entre les recettes et les dépenses qu'elle ne sait pas boucher.

En 2016, l'analyse de la chambre régionale des comptes montre que sa situation financière ne cesse de s'aggraver. Paris veut organiser les Jeux olympiques de 2024 et l'Exposition universelle en 2025 ? Sa candidature serait plus crédible si elle commençait par mettre un peu de rigueur dans sa gestion financière. Or les ingrédients d'un désastre financier sont déjà réunis.

21

Macron : 1, Hidalgo : 0

La scène se déroule dans la salle des fêtes de l'Hôtel de Ville de Paris, copie de la galerie des Glaces du château de Versailles, le dimanche 14 mai, jour de l'intronisation d'Emmanuel Macron. Depuis 1947, aussitôt élu, le président de la République salue ainsi la population parisienne. Venue accueillir le président sur l'esplanade devant la mairie, Anne Hidalgo a tenté de s'associer à l'engouement de la foule vis-à-vis du couple présidentiel, avant de réaliser qu'il n'y en avait que pour Emmanuel et pour Brigitte, dans son tailleur bleu.

Vient le moment des discours. La maire parle dix-sept minutes, contre treize pour le président. C'est déjà maladroit. Surtout, les 800 invités et les millions de téléspectateurs assistent à dix-sept minutes de naufrage, *fluctuat et mergitur*, comme Marine Le Pen face au même Emmanuel Macron lors du débat entre les deux tours de l'élection présidentielle. Pas pour les mêmes raisons, bien sûr, car, à la différence de la présidente du Front national, la maire de Paris s'est bien gardée d'être agressive, mais elle n'était à la hauteur ni de ses responsabilités, ni de la solennité du moment. On passe sur ses habituelles phrases creuses débitées sur un ton monocorde qui endorment régulièrement les élus du Conseil de Paris, particulièrement incongrues devant cet auditoire, genre : « Nous sommes habités par une urgence qui n'est pas seulement une urgence des problèmes, mais une urgence des solutions. » Ou bien : « Ce qui nous rassemble, c'est l'avenir que Paris offre à nos enfants [...]. Paris ville refuge, ville cosmopolite, ville partageuse. » Tous les poncifs sont là.

Madame Sans-Gêne a jugé le moment bien choisi pour souligner qu'elle était « présidente du C40 », pour touiller la tambouille parisienne et pour lancer de petites provocations, auxquelles le président de la République, naturellement, n'a pas répondu. Il n'a même pas froncé un sourcil quand elle l'a accroché sur le diesel – « À l'heure où le diesel tue, il est de notre devoir de tourner la page », a-t-elle assené, comme une évidence – alors qu'en août 2016 Emmanuel Macron avait estimé qu'il ne fallait pas systématiquement « faire la chasse au diesel » ; il n'a pas, non plus, amorcé l'ombre d'un sourire quand l'élue municipale a affirmé : « Nous avons transformé les berges de Seine en un gigantesque parc ! » Un mensonge, un de plus, si gros, si lourd, qu'il a provoqué une gêne dans l'assistance.

La plupart des commentateurs ont constaté le décalage abyssal entre le niveau ras des pâquerettes du discours d'Anne Hidalgo et celui, plus élevé, d'Emmanuel Macron ; beaucoup ont décrit la froideur de leurs relations, à l'exception de la groupie Béatrice Jérôme qui évoque, dans *Le Monde*, leur réconciliation sur fond d'intransigeance de la maire : « Plutôt que de déposer les armes aux pieds du chef de l'État, elle l'a appelé à la rejoindre sur des fronts communs. À commencer par celui du défi climatique. » Comme si le chef de l'État, élu pour cinq ans par 66 % des électeurs, devait rallier les combats de la maire de Paris, y compris les plus obsessionnels !

Déposer les armes ? Comment le pourrait-elle ? Avec le sens politique très sûr qui la caractérise, la maire de Paris n'a cessé de provoquer le nouveau président lorsqu'il était ministre de l'Économie, puis comme candidat d'En Marche !, et même après son élection à la magistrature suprême.

Tout a commencé à propos de l'ouverture des magasins le dimanche, telle que le prévoyait la loi Macron visant à libéraliser et fluidifier l'économie. Un sujet parfaitement secondaire, eu égard aux enjeux du pays, mais dont la maire de Paris a fait un casus belli. En septembre 2015, la loi Macron instaure douze zones touristiques internationales. Dans une interview au *Parisien*, la maire féministe affirme être « maltraitée » par le ministre. Dans une lettre diffusée par voie de presse avant que le destinataire ne la reçoive – cela ne surprendra personne –, elle attaque le ministre de l'Économie : « Les zones que vous projetez d'instituer révèlent le fantasme d'une ville entièrement dédiée à un tourisme consumériste [...]. Je souhaite vous réaffirmer mon profond désaccord sur les principes comme sur la méthode imposant aux acteurs locaux la définition des règles régissant leurs territoires et dérogeant aux principes fondamentaux du droit du travail en France. » La maire de Paris ira même jusqu'à déposer une question prioritaire de constitutionnalité (QPC) validée par les Sages quelques mois plus tard. Ceux-ci estimeront que les autorisations de travailler le dimanche dépendent du maire et non du préfet. Hidalgo : 1 ; Macron : 0.

Pourtant, un an plus tard, le 9 novembre 2016, Mère Ubu remet les compteurs à zéro en opérant un virage à 360 degrés : à sa demande, le Conseil de Paris vote l'ouverture des commerces parisiens douze dimanches par an, hors zones touristiques, comme le prévoyait la loi Macron ! Un comble, elle a choisi l'option la plus permissive : chaque branche est libre de fixer le nombre de dimanches travaillés. La droite applaudit, l'opposition s'étonne : « Nous voterons contre. Nous sommes dans l'incompréhension, c'est un renoncement », indique Nicolas Bonnet Oulaldj, président du groupe Communiste-Front de gauche. Même sidération du côté de Danielle Simonnet, conseillère de Paris et coordinatrice du Parti de gauche. « Anne Hidalgo jouait la frondeuse et finalement elle fait volte-face pour, au final, appliquer la loi Macron », regrette-t-elle. « C'était donc bien un problème personnel [avec lui] », indique NKM.

Cette controverse sur l'ouverture de magasins le dimanche révèle un trait de caractère particulier : ses haines, personnelles ou politiques, l'emportent sur l'étude sereine des dossiers. Elle l'avait dans le nez, le président, avant même la promulgation de sa loi. En mai 2015, Anne Hidalgo et son adjoint Jean-Louis Missika décident d'ouvrir l'Hôtel de Ville aux start-up. Missika suggère d'inviter le jeune ministre, mais la maire refuse. Bella vista !

Le 6 août 2016, en visite dans une usine Bosch, l'impertinent marque son terrain : il fait un plaidoyer en faveur du diesel, prenant le contrepied de la doxa de la Secte. Et rappelle aux salariés qu'il « est ministre, contrairement à Mme Hidalgo, dont les décisions ne valent pas pour la France ». Macron : 1, Hidalgo : 0.

Madame-je-sais-tout considère qu'il s'agit d'une agression. Le 13 janvier 2017, c'est l'escalade : Anne Hidalgo publie une tribune dans *Le Monde* dans laquelle elle cible Emmanuel Macron parmi les « trois personnages responsables de l'immense gâchis du quinquennat qui se termine ». Pour elle, « il est l'incarnation de la reproduction sociale des élites [...] et porte une vision très jacobine ». La maire ajoute : « Je n'ai perçu dans son travail quotidien ni une modernité qui m'aurait éblouie ni un rapport à la démocratie qui me donnerait confiance. » On est impressionné par tant de clairvoyance.

Aux primaires de la gauche, elle va tout tenter pour écarter son ennemi Manuel Valls et pour inventer un candidat susceptible de faire barrage à Emmanuel Macron, qui a créé le mouvement En Marche ! et attend son heure. La frondeuse s'affiche soudain social-démocrate. Avec Martine Aubry et Christiane Taubira, elle va sortir de la naphtaline Vincent Peillon, ex-jeune loup socialiste, ancien ministre de l'Éducation, qui a quitté la politique pour enseigner la philosophie en Suisse. Mais Peillon, qui n'a plus rien à dire, sombre très vite à la quatrième place, derrière Benoît Hamon, Manuel Valls et Arnaud Montebourg !

Toujours avec Aubry et Taubira, Hidalgo va donc soutenir Benoît Hamon qui, pendant quelques semaines, amusera la galerie avec son concept de revenu universel, avant de se faire capter son électorat par Jean-Luc Mélenchon pour finir à 6 % au premier tour de la présidentielle, signant la mort programmée du Parti socialiste. Alors qu'Emmanuel Macron est arrivé en tête au premier tour avec 24 % des suffrages, suivi par Marine Le Pen, le 1er mai, Anne Hidalgo refuse de rendre au côté du futur président un hommage à Brahim Bouarram, jeune Marocain assassiné par des militants d'extrême droite, vingt-deux ans plus tôt. Ils sont donc venus l'un après l'autre. « On ne voulait pas mélanger les genres en plein entre-deux-tours », confie alors l'entourage d'Anne Hidalgo à RTL. Pourquoi craindre un « mélange des genres » à la veille d'un deuxième tour qui opposait Emmanuel Macron à Marine Le Pen ? Les mettrait-elle sur le même plan ?

Et c'est la mort dans l'âme, parce qu'elle ne pouvait faire autrement, que la maire de Paris va se résoudre à appeler à voter au second tour pour Emmanuel Macron, élu par les deux tiers des électeurs.

Une élection qui n'a pas conduit la maire, plus rancunière qu'opportuniste, à enterrer la hache de guerre. D'emblée, elle a multiplié les signes d'hostilité : le 8 mai, à l'Étoile, pour la première sortie de Macron comme président élu, leur poignée de main a été glaciale, alors qu'il avait embrassé chaleureusement d'autres personnalités politiques présentes ; le 10 mai, elle a boycotté la cérémonie de commémoration de l'abolition de l'esclavage, dans les jardins du Luxembourg, à laquelle participaient côte à côte François Hollande et Emmanuel Macron ; le 14 mai au matin, elle ne s'est pas rendue à la cérémonie de passation de pouvoir à l'Élysée, où elle a délégué Bruno Julliard, alors que NKM était présente ; elle n'a pas plus participé à l'hommage au Soldat inconnu, qui suit l'investiture, où Valérie Pécresse représentait la région Île-de-France. Trop douloureux ?

Piquant : en poursuivant de sa vindicte le futur président de la République, Anne Hidalgo va contribuer, bien malgré elle, à sa légende. Avant le second tour, on cherche un lieu pour célébrer sa victoire, le 7 mai. Les places de la République ou de la Bastille sont trop marquées à gauche, l'esplanade du Trocadéro ou les Invalides trop à droite. Macron jette alors son dévolu sur le Champ-de-Mars, devant la tour Eiffel. Refus d'Hidalgo, prétextant la visite, attendue le week-end suivant, de la commission d'évaluation du CIO pour les Jeux olympiques de 2024 : pas question de laisser s'abîmer les pelouses ! « Le CIO n'a rien à voir là-dedans, peste Ludovic Chaker, coordinateur d'En Marche !. Il n'y avait aucun sens à nous refuser le Champ-de-Mars. C'est clairement une décision politique : il y a une volonté de Mme Hidalgo de ne pas prêter son concours. »

Faute de Champ-de-Mars, Macron se rabat donc sur le carré du Louvre, plus facile à remplir. Le passé prestigieux du palais qui abrite le plus grand musée du monde s'y mêle au modernisme de la pyramide de Peï. Emmanuel Macron, marche lente sur fond d'hymne européen, jouera à fond de tous ces symboles et avec succès. Merci Hidalgo !

Déposer les armes ? C'est mal connaître l'élue, qui avait anticipé la défaite socialiste mais avait pensé en tirer profit, en faisant de Paris le dernier havre de stabilité et la base de la reconstruction à venir, dont elle aurait été l'organisatrice. Des schémas rendus caducs par l'ampleur du rejet dont le PS et ses ex-frondeurs sont l'objet. Et pourtant, sans prendre le temps de la réflexion ni celui de la décence, trois jours après l'élection, Anne Hidalgo, Christiane Taubira, Martine Aubry, Yann Arthus-Bertrand, ainsi que « deux cents personnalités de la société civile et intellectuelle », annoncent leur intention de créer « un mouvement politique humaniste ». Ce mouvement, censé couper l'herbe sous le pied de celui que lance Benoît Hamon, s'appelle Dès Demain. Le PS ayant éclaté, voici venu le temps des groupuscules, prompts à la surenchère. Celui-là veut « libérer notre avenir français et européen de la catastrophe environnementale, de la casse sociale, de la faillite démocratique, de l'abandon des valeurs républicaines ». Et puis, encore et toujours, les mêmes phrases vides de sens : « Nous croyons que la démocratie est sociale, sous peine de ne pas être, et que sa crédibilité repose avant tout sur sa capacité à redistribuer et à incarner concrètement les valeurs qu'elle porte » (*sic*). Dans ce texte filandreux, une perle : « Les citoyens sont donc aujourd'hui notre première source d'énergie : une énergie renouvelable qui ne cesse d'investir le champ du quotidien. » Bref, avec Dès Demain et l'énergie renouvelable des citoyens, Anne Hidalgo signe à sa manière l'acte de décès du PS.

Face à l'agressivité de la maire envers lui, le chef de l'État prépare une vengeance froide. « Pensez-vous qu'après avoir détruit le PS, Emmanuel Macron va laisser en l'état la pétaudière de Paris ? Il lui faut réduire en miettes le pouvoir d'Anne Hidalgo, afin qu'elle n'ait aucune chance de faire un deuxième mandat », commente un de ses proches, qui s'attend à ce que celle-ci ne soit pas attaquée de front, mais soumise au supplice chinois de la déstabilisation. Pas question de la sortir du jeu avant 2020 car, en France, le maire est un personnage politique pratiquement indéboulonnable en cours de mandat. Il peut être mis sous tutelle, le préfet peut se substituer à lui, mais il ne peut être question de lui retirer sa charge.

Préalable : la connaissance du dessous des cartes. Or le président de la République est surinformé sur ce qui se passe à la mairie de Paris : il a choisi comme ministre des Transports Élisabeth Borne, qui fut directrice de l'aménagement urbain de la mairie sous Delanoë. Elle était à l'époque amie de la première adjointe Anne Hidalgo. Il a pris à ses côtés, comme secrétaire générale adjointe, Anne de Bayser, diplômée d'HEC, qui fut conseillère puis directrice adjointe du cabinet de Delanoë, poste qu'elle a conservé auprès de la maire actuelle, en charge des transports, de l'urbanisme et du développement économique. Mme de Bayser supervise aussi la création de la métropole du Grand Paris – dossier qu'Emmanuel Macron a l'intention de piloter directement.

Aurélien Lechevallier, conseiller diplomatique d'Anne Hidalgo jusqu'à fin 2016, a, lui, rejoint le candidat Macron, avec les mêmes fonctions, pendant sa campagne, et a intégré la cellule diplomatique de l'Élysée. Il est un ami, issu comme lui de la promotion Léopold Sédar Senghor (2002-2004) de l'ENA. Idem pour Mathias Vicherat, époux de Marie Drucker, qui a été successivement directeur de cabinet de Delanoë puis d'Anne Hidalgo, qu'il a discrètement quittée, n'en pouvant plus, pour rejoindre la SNCF, à un poste qui n'était pas à la mesure de ses ambitions. Le président compte aussi sur Pierre-Olivier Costa, qui fut chef de cabinet de Bertrand Delanoë, puis d'Anne Hidalgo : il rejoint lui aussi l'Élysée pour diriger le cabinet de Brigitte Macron. Autre vieil ami, issu encore de la promotion Léopold Senghor : Frédéric Mauget, patron du Crédit municipal de Paris. Il a été conseiller de Bertrand Delanoë, puis d'Anne Hidalgo, en charge du budget et des marchés publics.

Emmanuel Macron est aussi en bons termes avec Bertrand Delanoë, qui a pris position pour lui avant le premier tour. Depuis, l'ancien maire n'a plus ni bureau ni secrétaire à la mairie de Paris et Anne Hidalgo ne le prend plus au téléphone ! Le président peut aussi recueillir des informations auprès des trois adjoints qui ont pris position en sa faveur bien avant le premier tour, à commencer par Jean-Louis Missika, son influent premier adjoint.

Comment rendre à Anne Hidalgo la monnaie de sa pièce ? Si d'aventure la maire avait commis une quelconque irrégularité, nul doute qu'elle serait découverte et révélée. Sinon, sa déstabilisation programmée pourrait passer par la création d'un groupe REM (République en marche !) au Conseil de Paris, mettant en pièces la majorité plurielle sur laquelle s'appuie la maire. Ni droite ni gauche ? Il convient aussi de sortir du jeu Nathalie Kosciusko-Morizet, battue par Anne Hidalgo en 2014 et restée chef de file de l'opposition municipale depuis lors, pour faire place nette en faveur de Benjamin Griveaux, porte-parole de la campagne d'Emmanuel Macron, leader de La République en marche, élu député de la 5e circonscription de Paris que le président de la République envisage de mettre sur orbite pour devenir… le futur maire de Paris. C'est la raison pour laquelle un candidat REM, Gilles Le Gendre, a été opposé à NKM dans sa circonscription, en dépit des signaux lancés sur sa proximité avec le nouveau pouvoir. Par rapport à la cinquantaine d'élus Les Républicains ménagés, NKM a subi un traitement particulier, alors même qu'elle est détestée par l'aile droite de son propre parti qui lui a mis dans les pattes deux candidats LR dissidents, Jean-Pierre Lecoq, maire du 6e arrondissement, ainsi qu'Henri Guaino. Battue, NKM n'est plus en situation de conduire l'opposition à Hidalgo : elle a renoncé, début juillet, à son statut de chef de l'opposition municipale.

Il reste trois ans à Benjamin Griveaux – ancien lobbyiste… d'Unibail – pour s'imposer dans Paris, où Emmanuel Macron a réuni sur son nom 34 % des électeurs au premier tour de la présidentielle et 90 % au second, où les élections législatives ont balayé les sortants pour élire douze députés macronistes sur dix-huit. La déstabilisation d'Hidalgo passera, de toute façon, par l'abandon des nombreux avantages et soutiens que lui a accordés François Hollande, en autorisant notamment ses extravagantes opérations financières, en permettant le regroupement administratif des quatre premiers arrondissements de Paris (pour lui constituer un fief) et en dépouillant l'État d'un certain nombre de pouvoirs en sa faveur. « Hollande a fait jusqu'au bout des cadeaux à Anne Hidalgo, constate Jean-François Legaret. La loi regroupant les premiers arrondissements de Paris et lui accordant des pouvoirs accrus a été la dernière votée sous son quinquennat. » Sans Hollande et avec Macron, pour elle, ce ne sera plus la même histoire. Plus du tout !

22

Des Jeux olympiques révélateurs

« Je vous accompagnerai pleinement dans l'entreprise qui est la vôtre pour les Jeux olympiques et paralympiques », a poliment répondu Emmanuel Macron à Anne Hidalgo, sous les ors de la grande galerie de l'Hôtel de Ville, le jour même de son intronisation. Commentaire au premier degré de Béatrice Jérôme, dans *Le Monde* : « S'il est un dossier sur lequel le rapprochement entre Mme Hidalgo et M. Macron est apparu évident, c'est celui des Jeux olympiques. » Or, de rapprochement, à l'évidence, il n'y en a pas, en dépit des sourires de circonstance. Dans la réalité, il ne peut être question, pour le président de la République, de laisser la maire de Paris tirer seule les bénéfices du choix de Paris, le 13 septembre 2017, à Lima, par le Comité international olympique. Tout sourire, il l'accompagnera donc au Pérou. Sans grand risque puisque depuis le printemps, en effet, les jeux sont faits : sauf énorme surprise, Paris obtiendra les Jeux olympiques et paralympiques de 2024, et Los Angeles, ceux de 2028.

Pour la première fois, les deux décisions pourraient même être annoncées simultanément. Souhaitée par

Thomas Bach, président du CIO, cette double désignation gèlerait le paysage pour huit ans, alors qu'on assiste à un véritable retournement du rapport de force : si les villes se sont longtemps battues pour être candidates, ce n'est plus le cas. Il y a même pénurie, en raison de l'hostilité d'une part croissante de leur population, spécialement en Europe.

Pénurie de candidats ? C'était déjà une des raisons pour lesquelles Londres avait été préféré à Paris en 2005 pour l'organisation des Jeux de 2012 : la capitale britannique, qui avait organisé ceux de 1908 et de 1948, avait fait savoir que c'était 2012 ou jamais. Alors que Bertrand Delanoë ne s'était pas engagé de la sorte pour Paris. Madrid ayant été battue au premier tour, pour préserver l'avenir, les Espagnols avaient donc reporté leurs voix sur Londres. La leçon a porté : depuis que l'idée d'une double désignation a été posée sur la table, la candidature française s'est montrée fermement opposée, par la voix de son patron Tony Estanguet, à toute candidature pour 2028, en cas d'échec pour 2024. Officiellement, Los Angeles refuse aussi le report de sa candidature en 2028, mais a négocié en sous-main pour obtenir des garanties sur cette date.

C'est bien le problème. Les villes européennes n'ont pas grand-chose à prouver en termes de notoriété et de reconnaissance (à la différence, à leur époque, de Moscou, de Séoul ou de Pékin) et sont de plus en plus réticentes vis-à-vis de ces grand-messes dispendieuses, finalement peu bénéfiques en termes de retombées locales. Au départ, pour 2024, Paris et Los Angeles étaient opposés à Hambourg, Boston puis Rome qui ont, tour à tour, jeté l'éponge en raison des réticences, voire de l'hostilité de leurs opinions publiques. Pour les JO d'hiver 2022, le retrait d'Oslo a laissé le Comité international olympique avec les seules candidatures d'Almaty (Kazakhstan) et de Pékin, qui l'a emporté.

Bref, après son cuisant échec face à Londres pour 2012 est venu, à l'ancienneté, le tour de Paris, qui a inventé les Jeux olympiques en 1900, avec Pierre de Coubertin, et ne les a pas organisés depuis 1924. Faut-il applaudir ? Les Parisiens sont partagés. Organiser les Jeux ne les fait plus rêver. Car au-delà d'une fierté nationaliste, perçue désormais par beaucoup comme un peu ringarde, ce non-événement risque de leur compliquer la vie et surtout d'avoir des conséquences financières désastreuses. Après son élection à la mairie de Paris en avril 2014, notre saine gestionnaire affichait d'ailleurs publiquement ses réticences. Elle jugeait qu'il n'était ni raisonnable ni acceptable de s'engager dans la « course [olympique] au toujours plus, qui a laissé des éléphants blancs et des situations d'endettement dans des villes ». L'endettement, voilà bien un mal qui ronge et insulte l'avenir ! « Je n'ai pas porté ce projet dans ma campagne, rappelait-elle. Les Parisiens attendent de moi du logement, des équipements, de la justice, de la facilité économique. » Anne-la-sourcilleuse s'était insurgée publiquement, en novembre 2014, quand François Hollande, de retour de voyage, avait déclaré benoîtement son intérêt pour l'organisation des Jeux à Paris en 2024. Pas touche à mon pré carré ! Mais, comme souvent, elle avait discrètement changé de position, voyant tout le bénéfice politique qu'elle pouvait tirer de l'annonce du choix de Paris en septembre 2017, à moins de trois ans de sa réélection espérée. Avec la foi des convertis, elle est devenue fanatique des JO !

Nous y voilà. Quand le vin est tiré, bon ou pas, il faut le boire ! On a vu l'incapacité de notre gestionnaire émérite à redresser les comptes de Paris. On a vu que l'endettement de la Ville a, depuis longtemps, passé les limites de l'acceptable. Au cours de l'un de ses voyages au Japon, Anne Hidalgo a cité Tokyo comme un « exemple » de ce qu'on peut faire en matière de Jeux olympiques. Drôle d'exemple : alors que la facture initiale attendue pour 2020 était de 6,4 milliards d'euros, elle pourrait approcher les 30 milliards et, d'ores et déjà, des accusations de corruption fusent de tous côtés.

Même si Paris et sa région bénéficient déjà de nombreux équipements sportifs de qualité, le budget prévu pour les Jeux olympiques et paralympiques est de 6,4 milliards d'euros dont 1,5 milliard à la charge de l'État et des collectivités territoriales – on table sur 150 millions pour Paris. Ce qui montre au passage l'implication massive de l'État, justifiant qu'il ait, pour le moins, son mot à dire. Pas question de faire comme avec les migrants, où notre sainte Anne affiche sa bienveillance, pendant que l'État paye !

6,4 milliards ? Sur ces grands chantiers, il n'est pas rare de constater, en France comme ailleurs, un doublement voire un triplement de la facture finale. En face, la maire de Paris se base sur les prévisions du Centre de droit et d'économie du sport (CDES), pour annoncer des retombées économiques évaluées entre 5,3 et… 10,7 milliards d'euros. Du simple au double ! Problème : ce cabinet d'« économistes » est associé à une agence, Keneo, dont l'ex-PDG est Étienne Thobois, directeur général du comité de candidature. C'est lui qui a passé commande !

Personne, en réalité, ne peut imaginer que le devis initial sera respecté. Et personne ne peut croire à ces prévisions au doigt mouillé sur les retombées économiques. Depuis les Jeux d'Athènes, en 2004, qui ont contribué à ruiner la Grèce, tous les économistes sérieux estiment que ces manifestations planétaires que sont les JO (bien plus que les Coupes du monde de football) ont un impact négatif sur les économies des pays organisateurs et font notamment exploser l'endettement public à long terme, payé, d'une manière ou d'une autre, par les contribuables.

En mai 2017, des associations et des intellectuels ont appelé, dans un texte commun, Anne Hidalgo à retirer la candidature de la capitale aux JO 2024. « Votre plan d'action pour le Grand Paris olympique souhaite améliorer tous les services publics, écrivent-ils. Pourquoi attendre de le faire à l'heure où la Cour des comptes signale que les transports en Île-de-France sont vétustes et irréguliers en raison d'une maintenance inadaptée ? Vous privatisez les PV et les parkings municipaux en confiant ces missions régaliennes à des grands groupes comme Vinci qui augmentent le coût du stationnement et le rendement de la verbalisation, poursuit ce regroupement de philosophes, de professeurs, d'historiens, au milieu desquels on trouve l'écrivain Pascal Bruckner. Est-ce là votre vision du service public ? »

Ces intellectuels profitent de leur rejet des Jeux pour cogner sur la gestion d'Hidalgo, dénoncer la « dégradation quotidienne » de la vie des Parisiens, déplorer que leurs bureaux de poste « ferment les uns après les autres (de 188 en 2010 à 173 aujourd'hui) » et soient remplacés « par des comptoirs sans personnel qualifié dans les supermarchés », et s'étonner de sa passivité. À la seule évocation des Jeux olympiques, nos sommités, en pleine crise d'urticaire, dénoncent pêle-mêle, chiffres à l'appui, la politique du logement, des transports, avec la hausse des embouteillages, la qualité de l'air, dénonçant « la hausse de 50 % de la pollution aux particules fines sur les quais hauts de la rive droite d'après le 3e rapport du comité technique de suivi ».

Rappelant que « l'aventure olympique » a déjà conduit à dépenser 60 millions d'euros en pure perte pour constituer les dossiers pour 2008 et 2012, ils en appellent à la raison : « Madame Hidalgo, suivez les sages décisions de vos homologues de Budapest, Rome, Boston, Toronto et Hambourg. Ne vous associez pas à la diversion sociale de Jeux dispendieux. »

À coup sûr, cette sportive de cœur pense que l'obtention des Jeux olympiques de 2024 va l'aider à se faire réélire en 2020 – son seul objectif, selon l'excellent Matthieu-chargé-de-com. Il ne faut pas l'en dissuader, même si leur organisation pourrait être, aux yeux des Parisiens, le révélateur implacable de son incompétence.

Ce dont Emmanuel Macron, qui la connaît si bien, avec son entourage, est à l'évidence convaincu.

Épilogue

Jusqu'en septembre 2016, Parisiens de longue date tous les deux, nous nous intéressions naturellement à nos vies de quartier, à nos maires d'arrondissement, pour les habituels sujets concrets – crèches, enfants, carte scolaire, saleté, poubelles, etc. – mais pas du tout à Anne Hidalgo. Il n'en avait pas été de même avec son prédécesseur Bertrand Delanoë, qui marquait la rupture par rapport à la période Chirac-Tiberi : personnalité originale, inventive et subtile, Delanoë avait beaucoup de défauts, mais du talent et une vraie autorité. Alors qu'Anne Hidalgo, combative face à Nathalie Kosciusko-Morizet pour conquérir la mairie de Paris, nous avait semblé ensuite plutôt douce et bienveillante, lorsqu'il était arrivé à l'un des auteurs, pour le journal *La Parisienne*, de travailler avec elle.

C'est sa position brutale et sectaire lorsque, sans concertation ni précaution, elle a décidé de bloquer délibérément Paris, qui nous a conduits à nous intéresser à son cas. Agaçant, ce virage opéré sans la moindre concertation nous était apparu en même temps intrigant, car peu conforme à l'image que nous avions d'elle. Nous n'étions pas loin d'être bluffés. D'où puisait-elle cette apparente assurance pour faire violence à tant de gens ? Était-ce du courage ou de l'inconscience ?

Nous avons alors commencé ce long voyage au cours duquel nous avons découvert à quel point cette soi-disant écolo était à la fois violente et clivante, adulée par certains, détestée par d'autres. Nous avons vite compris que sa haine de la voiture et des automobilistes était le symptôme de blessures antérieures et d'un prurit d'autoritarisme – apanage de ceux qui manquent d'autorité – qui s'exprime dans tous les domaines de sa compétence. Ou de son incompétence. Pour le plus grand malheur de nous tous, les Parisiens, et, au-delà, de tous les habitants de l'Île-de-France.

Anne Hidalgo a pourtant réussi une carrière remarquable qui l'a conduite à diriger l'une des villes les plus prestigieuses du monde, grâce à un indéniable talent d'apparatchik et à la chance, qu'elle a su saisir à plusieurs reprises. Elle est convaincue que cette chance, son engagement militant et sa volonté lui permettront de se faire réélire en 2020, sur les décombres d'une gauche en miettes. Et de s'imposer ensuite pour l'élection présidentielle de 2022. Face à Emmanuel Macron qui, lui aussi, a si bien su forcer sa chance. Elle le déteste, il la méprise. Que va-t-il se passer ?

Remerciements

Nous tenons à remercier particulièrement toutes celles et ceux qui nous ont permis de faire ce livre, à commencer par les équipes d'Albin Michel, autour de Francis Esménard et Richard Ducousset, avec des pensées particulières pour notre éditeur Alexandre Wickham, qui ont accueilli ce projet avec un vrai enthousiasme.

Que soient aussi remerciés l'ancienne leader de l'opposition au Conseil de Paris Nathalie Kosciusko-Morizet, les maires d'arrondissement Florence Berthout et Jean-Louis Legaret, ainsi que tous ceux, officiels et anonymes, qui ne supportent pas la façon dont Paris est géré et nous ont livré leurs témoignages, en nous suppliant de ne pas les citer.

Que soient aussi remerciés Jean-Louis Missika et Ian Brossat, ainsi que les autres adjoints à la mairie qui ont défendu les couleurs de la ville.

Que soit ici remercié Bertrand Delanoë qui, comparativement, a laissé de bons souvenirs en tant que maire de Paris et a accepté de nous rencontrer.

Que soient également remerciées Marie-Pierre Coste-Billon et Patricia Picard qui ont contribué à traquer les imperfections du manuscrit.

Que soit enfin remerciée Anne Hidalgo elle-même : en

refusant de nous recevoir, sans même répondre à nos demandes réitérées, Notre-Drame de Paris a donné corps à toutes les interrogations qui nous ont conduits à écrire ce livre.

A.R. et N.L.B.

Table

DES MÊMES AUTEURS

Je t'haine, moi non plus, First, 2014.

AIRY ROUTIER

La République des loups, Calmann-Lévy, 1989, prix du meilleur livre financier ; prix de *La Vie catholique*.

Le Flambeur, la vraie vie de Bernard Tapie, avec Valérie Lecasble, Grasset, 1994.

Forages en eau profonde, les secrets de « l'affaire Elf », avec Valérie Lecasble, Grasset, 1998, prix du livre d'investigation Jacques Derogy.

Blanc comme nègre, entretiens avec Omar Bongo, Grasset, 2001.

L'Ange exterminateur, la vraie vie de Bernard Arnault, Albin Michel, 2003.

L'Arnaque, quand l'Amérique rackette la France, Grasset, 2005.

Le Fils du serpent. Vie et mort du banquier Stern, Albin Michel, 2005.

Le Complot des paranos, Albin Michel, 2006.

La France sans permis, Albin Michel, 2007.

NADIA LE BRUN

Valérie Trierweiler, la dame de pique, avec Alain Bourmaud, First, 2012.

Composition IGS-CP
Impression CPI Bussière en septembre 2017
Éditions Albin Michel
22, rue Huyghens, 75014 Paris
www.albin-michel.fr
ISBN : 978-2-226-39786-7
N° d'édition : 22652/04 – N° d'impression : 2032391
Dépôt légal : septembre 2017
Imprimé en France